山の神さん

林　郁

Hayashi Iku

社会評論社

山の神さん＊目次

一章　猫座の下

青い秋天を眺め、この空のように澄んだ気持ちで決断できぬものかと思う。縁談の手紙を受け取ってから半月思案している。

夜が明けると大雨だった。体操場で紀元二千六百年の祝賀行事の準備に追われ、昼休みになると縁談がまた気になる。教員を続けて実家の母たちを支えたい思いと、縁談を勧める幸ねえさんの熱意に応えたい思いと。

山の分校の代用教員になって七ヵ月、教員二人だけの忙しさは格別である。教師になりたくて夜中に勉強し、助教の資格を取って陸の孤島と言われるこの山奥に赴任したからには。と気持ちを引き締めて祝賀の歌とオルガン判奏の練習に励む。

「金鵄かがやく日本の　栄ある光身にうけて　今こそ祝え　この朝　紀元は二千六百年　ああ一億の胸は鳴る」という一番から、「正気凛たる旗の下　明朗アジアうち建てん　力と意気を示せ今」の五番へと勇ましく歌う慶祝の歌は重く、友紀は小声になる。

昭和十五年十一月十日を中心に祝賀旗行列をせよとの通達があったが、山では行列は無理だから全員で「愛国行進曲」を踊る、その振り付けを学童百四十人に教えねばならぬ。しっとりと静かな声で足音を立てず忍者のように速く歩く小柄な女、だから勇ましい歌や活発なメリハリの振りつけが苦手である。

子どもたちは「御陵威に副わん大使命　征け　八紘を宇となし」など意味がわからないから、ミイちゃにそわんダキシメテ、行けハッカイを家となしと元気に歌う。

放課後、廊下で六年の男子が「とんとんとんからりの隣組　回して頂戴回覧板」と新しい歌を口ずさみ、「回しは出来ない回覧板」と替えて歌っている。友紀は頷いてしまった。ここでの隣はひと山向こうだったりするのだ。

友紀は学校裏の宿舎に戻るなり幸ねえさんからの封書を読み返す。

《相手の康道さんは、旧家高上家の養子で二十七歳、T小学校の教員をしております。私は尋常科で康道さんを四年間受け持ち、よく知っております。学年一の成績で卒業式には総代、大変親孝行で他の人にも親切でした。今は立派な教員になり、真面目に勤めております。頑健な美丈夫です。

高上家には大姑さんと若姑さん、中気の舅さんがおられます。下宿屋と農業の仕事もあり、らくとは言えません。忙しい中、前の嫁さんは出ていきなさったということです。

友紀さんは気働きがあり、芯が強い、そのお人柄を見込んでのお願いです。女学校時代、うちに下宿していなさった時に私は貴女を見込んだのです。同じ町に貴女が来てくれたなら私もどんなに心強いことか》

女学校時代の下宿の寺には気性の烈しいバアちゃんがいて、朝晩こき使われたけれど、お嫁さんの幸ねえさんが大好きだったから辛抱できた。幸ねえさんは結婚後も小学校教師をつづけ、結核で倒れた夫と死別し、厳しい姑に仕えながら遺児を育てていた。あの幸ねえさんの言うことならと思う。しかし生家の甥と母のことを思うと。

母に相談したかったが、遠い生家に行く間がない。

《この山の分校は教員二名、二部式授業で上級を男の正教員が、三年生以下を助教の私が受け持ち、校長は腰を痛めて寝ております。紀元二千六百年の行事も二人だけで担いますので、この秋は休みがなく、早く御返事せねばと思いながら遅れてしまいました。

私は教員になる前に家のために八年間役場の信用組合に勤め、もう二十六、ご存じのように上の兄は肺病で若死いたし、次兄は本年九月に大陸済南で客死致しました。逆縁の母の悲しみは見ていられませんでした。私の下の子らは産まれてすぐ次々みまかり、今では私が末、私が家の支えです。足腰立たぬ甥を母が看ており、私は後見人としてこの甥の将来を考えねばなりません。

神主の父亡きあと、後を継いだ長男も逝き、母は神主代理と呉服の仕立物で家を守り、私は女子師範への進学を断念して勤めに出て生計を立ててきました。苦しいたつきです。私は神主代理の母の後継ぎと思われていたのが代用教員になって家を出たので縁談が来たのかもしれませんが、正教員になって家計を助けてまいりたく》

書いているうちにことわり状になった。母は言った。「娘も大事な宝だ。親は、娘を片付けるという言葉を口にしてはいけない」と。女だからと卑下せぬよう育ててくださった母さん、苦労に耐えている母上に仕送りを続けたい。

正直なこの手紙が後に何をもたらすかを、このとき友紀は考えなかった。

折り返し速達がきた。

「拝復　母上様と甥御さんを想うお気持ち、前から存じております。しかしご自身の将来、ご自分の子や孫のことも考えて下さい。

夫婦力を合わせれば、きっと実家のお母さんに仕送りもできよう。行かず後家と言われて勤めつづけ、年とるのも苦労なことです。

嫁稼業はきつくても、主人が一言ねぎらってくれたら耐えることが出来るものです。うちの人がそっと井戸端に来て、天秤棒をかついで、おっ重い、ご苦労だなあ、といたわってくれたので、私はどんなことにも耐えていこうと思った。忙しい中で主人が黙って風呂の水汲みをしてくれた時も、たとえ火の中、水の中でもやりぬこうと。この事を康道さんによく話してきかせます。足入れでなく、見合いということでお願いできればと存じます。》

十一月三日の明治節に日帰りの訪問を、という追伸の速達葉書が届いた。

学校の祝賀行事の直前に老校長が肺炎で亡くなり、町の自宅に戻るお棺を全校で見送ることになった。生徒代表の弔辞、全学童整列の黙祷、お見送り、つづいてすぐに国の二千六百年の行事、目のまわるような日が続く。

行事を無事に終えて十一月三日。小紋の和装で幸ねえさんに付き添われて高上家を訪ねると、玄関に紫羽織の若姑が現われた。美しい顔立ちの眉見に縦皺があった。

客間で桜茶をいただいた。見合いの相手は大きな目鼻と厚い唇の四角に整った好男子、挨拶のとき何も言わず、視線をずらした。なぜ一言もないのだろう。

奥の間の寝所で会った舅は面長顔の静かな人で、母親に従っているようだった。母親の大姑は大声で幸ねえさんに「ご苦労」と言った。小太りの丸顔、顎を突き出してものを言う。

学校勤めがあるからと友紀は早々に辞し、帰りに幸ねえさんに言った。

「わたし、あの家は無理です」

相手の方の目が冷たいのは前妻が忘れられないからではないか。どんな事情があるにせよ離縁した女はつらい目に遭う。前妻さんが戻るのがいい。と率直に述べた。

「私はもと担任として康道さんを呼び出し、主人が井戸の水汲みをして妻をいたわった話をしました。本心を聞きただしました。前妻の正代に未練がないと言えば嘘になるが、復縁は無理だ。正式に離婚し、正代の家とも、その親類の義母の実家とも義絶した。だから後添いをお願いしたいと康道さんは頭を下げて頼みました。康道さんは冷たい人ではありません」

「幸ねえさんは恋愛結婚です、だから」

「見合いでも恋愛でも、結婚してからが大事です。あの家の離婚は康道さんが悪いのでなく、嫁さんが年寄りバアちゃんと衝突して、とび出したのです。康道さんは苦しんで、沈んでいるのだと思う。あの年寄り姑はうちのバアちゃんに似ている。うちの姑さんが言っていた。友紀さは見どころがある、ただの娘っ子とは違うと」

幸ねえさんに褒められ、励まされ、雪袴で山奥の小学校の寄宿に戻った。日の暮れた寒い山坂を急ぎ足で登ったが、寄宿に着いたときは夜更けていた。

嫁かず後家か。結婚相手になりそうな男のひとは召集され、もう縁談はないだろう。

思い出すのは幼な馴染の和生さん。でもあの人の所在安否は知れない。お父さんの倒産で一家は東京に行ったきり、同級生の噂では出征したとか。

信用組合の勤めは苦労ばかりだった。夜の十二時まで残業しても手当てや賞与はなかった。転職したくて寒い夜中に助教の資格試験の勉強をしたら、重い風邪から中耳炎になって受験できず、翌年の資格試験でやっと代用教員になったのだが、赴任先は木の根につかまって登る山奥だ。小さいときはマシラのようで山には慣れているが、冬の奥山は豪雪に閉じこめられ、休みでも生家に戻れないのが辛い。

思案していたところに高上家から栗の銘菓が送られてきた。礼状を書き、干ぜんまいと雪沓をお返しに送った。高上康道から金釘流の手紙がきた。

《貴女の早速の心づかいが家の者を大層喜ばせました。親切、身にしみて嬉しく》

雪に閉じこめられている身を察したように、今度は温かい角巻の小包が届いた。何よりの品だが山奥には返礼品がなかった。

《共に新しい生活を築いていきたく、結婚を決意して頂きたい》という手紙に重ね、幸ねえさんからは《年度末の終業の片付けが終わったら、すぐ来てほしい》という手紙がきた。

大雪で生家に戻れぬから、手紙で母に縁談を報らせた。母から甥代筆の短い返事がきた。

《自分の生きる道は自分でようく考え、よく調べて決めよ。なしてもその高上さんに嫁ぐなば、病人と年寄りを大事に上げ申せ》

人生がめまぐるしく回転しはじめた。幸ねえさんに付き添われて町の呉服屋に行き、鶴松模様の留め袖を急ぎあつらえ、生徒に通信簿を渡してお別れの挨拶をし、生家にもどるいとまなく、昭和十六年三月末日、山奥からT町の幸ねえさん宅に向かった。

髪結いが待っており、島田に結う。そこに高上の大姑が現われ、大声で言った。

「おらうちは一年前に婚礼をしたばかりだすけ、披露はせんからな。若えかあちゃんは、よく寝込む。もとから腺病質で、可愛い息子をば失くし、気の病になって寝込むだすけ、苦にしねえでくんない」

大姑は任侠の親分のように顎をしゃくり、ととっと出ていった。

幸ねえさんに付き添われ、畳つきの雪下駄で高上家まで一足ずつ歩いて、深い軒の玄関を入る。客間に紋付袴の相手と実家の両親が現われ、三三九度の杯をした。重い高島田の頭を最敬礼の位置まで下げると、首が折れそうだった。

初めて会った新郎の両親は農家の人らしく骨太で終始無言だった。

夜、大姑が八畳間に案内した。床が二つのべられている。大姑が去ると、新郎が入ってきた。友紀は手をついて深いお辞儀をした。新郎は黙って奥側の床に入り、眠ってしまった。新婦は長襦袢になり、障子側の床に入った。何ごとも旦那さんに任せておけばいいでねと幸ねえさんに言われていた。

箱枕に乗せた高島田の首が痛くて眠れない。障子の隣に大姑が寝たことが咳払いで分かった。寝付けぬまま新郎の寝息と大姑の咳払いと寝返りの音を聞いていた。

翌朝、五時前に起き、身づくろいして隣室の大姑が起きるのを待つ。目覚まし時計が鳴った。大姑が「さあ、善光寺だど」と言い、新郎が起きた。新郎は生みの母を連れて善光寺参りに行くという。

手伝い人が朝食の支度をした。箱膳でなく、大きな座卓に食器を並べた。大姑が「おまんは今日まではお客だ。明日からは嫁だ。いいか、嫁は猫の座以下だ。朝寝坊はならぬ。早く起きすぎてもならぬ。四時半に起きて勝手仕事はもの音を立てぬように」と宣告のように言った。豆腐汁と白いご飯をいただいた。大姑の声がとんできた。

「さあ、嫁は善光寺行きの見送りしない」

しないというのは、しろという命令語だから門先にとび出た。新郎の実母は大柄なので見上げるかたちになった。新郎の母の風呂敷包みを持って道の角まで見送る。実母は無口らしく目礼し、康道は無表情のまま発った。立派に見える新郎さん、何故新妻にはまったくものを言わないのですか？

家に戻るなり大姑が言った。「嫁は働き手だ、猫座の下だで旅行なんぞには行けぬど。おまんは、姑三人、舅二人の五人に仕える嫁だ」

夕方、新郎と実母が帰宅し、両親は夕食を食べずに隣村に帰るというので、新婦は停車場まで見送った。新郎の生母は「康道をおたの申します」と初めて口をきき、去った。

翌早朝から厳しい嫁づとめが始まった。新婚三晩は何事もなく、倒れるように寝た。四晩目の夜半、新郎が小声で何か言った。友紀は反射的に目をあき、「はい」と応えた。起き上がった康道は障子の方を見て、背を向けた。大姑の咳払いが聞こえた。

若姑と大姑は養子の康道を「コーちゃ」とか「にいさん」と呼ぶ。妻は何と呼べばいいのか。呼びかけも出来ず会話もないので、康道が学校に出勤するとき、玄関で見送った。外套を手渡そうとすると若姑が横から奪って着せ、康道の背中に手を当てて送り出し、玄関の戸をしめるなり眉根にしわを寄せ、プイッと二階の自室にあがって行った。新妻が見送っていけないのか。

夕方、大姑が叱った。「にいさんをぺたぺたした目で見送ったってな。ぺたぺたすんな」

新郎は最初から妻に冷たい。ぺたぺた出来るものではない。

康道が帰宅すると、若姑は上りがまちに片膝ついて「おお、お帰り。今日は風が強かったろう」と甘い声で見上げ、背をのばして帽子とコートを脱がせ、二階へ連れていく。

中風の舅は一階の奥にいる。妻より十一歳上の五十七歳だが老人のように見える。大姑は若夫婦の隣室にいて、奥の息子の身のまわりの世話をしている。

夕餉を知らせに階段をのぼりかけた時だった。若姑の訴えかけるような声が聞こえた。

「友紀とかいうヤツは馬鹿だから、仕方ないよ」と康道がなだめるように言った。

「箸にも棒にもかからんのよ。鰯を料らせりゃ頭を切る。魚のおろし方も知らん。高等女学校出といったって裁縫は手ぐずだし、洗濯物の分け方を間違えて、上盥に腰巻きを」

康道はセツの細かい話を聞くのが面倒になったのか、「わかった」と二度言った。

「俺はあのうすら馬鹿とは口をききたくない。顔も姿も山家《やまが》だから、妻として人前に出したくない。あいつは恥ずかしいから、生徒の父兄や客が来たら奴を出さずに、お茶はおかあさんが出して」

若姑の愚痴がやんだ。顔も姿もヤマガで恥ずかしいとは。これが康道の本心か。後妻だからと結婚の披露もなく、近所からも下女扱いされている。夫は後添いの不安をかえりみず、自分の留守中に妻がどんな目にあっているか察するどころか「うすら馬鹿」とは。

若姑は美人の代表と言われ、四十六歳には見えない。撫で肩に細い首、色白中高のうりざね顔に切れ長な奥二重の目、額から高くのびた鼻は横顔をひきたたせている。しかし表情が時と相手によって豹変する。嫁には険しい目と苛立った目のくりかえしである。

一月ほどして、明け方に康道がふいに布団に入ってきた。目を閉じ、任せ、痛みに耐えた。彼は身体を離すとき小声で言った。「今夜は泊り番だ。帰らないから」

翌日昼、茶の間で若姑に「にいさんは今夜泊り番ですから、にいさんの晩ごはんの用意はいりませんね」と言ったら、大ごとになった。

「ほら見ろ、コーちゃんは、お母ちゃん、かあさんと言ってたけも、カカア貰えば、泊り番もセツに言わんじゃねか。嫁っこには言って」

大姑のきめつけ声に若姑は倒れ伏し、畳に顔を押しつけて大声で泣いた。友紀は「おかあさん、すみません。康道さん、おかあさんに言うの忘れなしたみたいで」ととりなした。若姑の泣き声が高まり、よろけながら二階へ行き、食事に降りてこなかった。

女学校の下宿の苦労よりはるかに厄介だ。これが新しく生きる道なのか。

友紀は康道に言った。「ごくささいな事が何でこんな大騒ぎになるのか、わたし、わかりません。今度から宿直のときは、おかあさんにも言ってください」

康道は不機嫌な目で「ふむ」と言い、それからは自分の予定を妻にいっさい告げず、おかあさんにだけ言うようになった。

二章　怪

夜中に夫が頭をもたげ、「虫かな」と言った。友紀は聞き取れず、やや難聴の右耳が気になった。数日後また夫は「虫が這う音だ」と言う。耳を澄ますと厠のあたりで忍び足のような音がしたが、疲労で起き上がれなかった。

嫁いで二か月余の夜半、熟睡中に肩を揺すられた。夫が「今夜はえらく大きな虫だ」と言った。指さした間仕切りの障子を見ると、一尺ほど開いている。

隣室の大姑はいつも境の障子を少しあけて寝る、その隙間に髪をすって覗き見る音が虫の這う音に似ているのだと気がついた。

朝の掃除のとき、敷居に白い粉が落ちている。毎朝、蝋の粉が若夫婦の部屋の敷居にだけついている。戸障子のすべりをよくするために蝋を塗るのか、粉は覗きを示すためなのか。

外の通路に面した五尺障子の下にマキの割り木が積んである。その一か所がいつも窪んでいる。山型に積んでおいてもそこだけ窪む。若姑は二階にひとりで寝ているから外通路にまわって割り木の上に乗って覗くのではないか。

友紀は掃除の時に人のいないのを見定め、割り木のくぼみに乗ってみた。障子にはめられたガラスごしに若夫婦の寝床の位置と電灯がぴたりと見えた。夜は豆電球をつける。電灯が消えていても様子がわかる。やはり若姑はここから見ていたのだ。

視られながらの行為は嫌だと思う。夫が布団に入ってくると身体がこわばる。拒みたいが何も言えず、声を殺す。

夜半に廊下を伝って厠にいくと、若姑が髪を乱して立っていた。外履きの麻裏草履を手にぷいと横を向き、梯子段の方へいく、そのそぶりが不自然だ。また外通路から覗いていたのだと友紀は確信した。十日に一度ほどの交わりであるが、覗かれていると思うと。江戸時代の将軍は大奥の見張り役に見られながら夜伽するとか。それは殿様も相手も承知の上、わたしは嫌だ。交わりを偶然に見ることなく育ち、猥談は大嫌いだ。今夜も見られていると思うだけで嫌だ。

波風が立つと嫁が集中攻撃されるから耐えていたが、夫が近寄ると思わず背をむけるようになった。夫は機嫌が悪い。

夫はこの高上家の養子、妻は後添い、両養子は大姑にも若姑にも逆らえぬ。小学校教員の夫は外に仕事場をもっているが、妻は家で息が抜けず、夜業がすむと倒れるように床につく。ただもう眠りたいのに大姑は大きな咳をしたり、唸ったりする。わざとらしい唸り声だが、康道が「看てやれ」と命じた。

「どうなさいました」

大姑は歯のない口もとの皺をひくひくっとさせ、

「おれが苦しんでても知らぬふりの嫁だでな」

病気とは思えない激しい目だ。友紀は大姑の肉厚の背中をさすった。

「このごろ康ちゃがおまんにさわらんのも無理ねえわ」

やはり寝床を監視していたのだ。

「しゃらむせえ、ほんとは康とひとつ布団に寝てえくせに。さっさと抱いて、ああとか、いいとか言ってけつかれ」

どうか静かにと大姑の背をさすり、寝つくのを待った。

若姑は頬骨が尖り、眉間の縦皺が深くなり、般若顔になってきた。夜ごと神経を使って寝所を覗くために心も身も不調なのだろう、昼間は寝たきりだ。


嫁は寝不足でも毎朝四時半起きである。目覚時計が鳴ると即座に止め、そっと着物にきかえ、帯をきりり、タツケにエプロンをつけ、お勝手に出て竈の火を焚きつける。お勝手の片側は吹きさらしだ。土間に板一枚の床はすきまだらけで夜明けは寒い。枯れ松葉を燃し、割り木に火をうつし、太い薪をくべて大釜でご飯を焚く。その火種を七輪に移して練炭をおこす。茶の間のダイスに練炭を移して鉄瓶をかける。野菜を刻み、味噌をすり、大鍋で味噌汁をつくる。

大姑が起きてきて「薪の入れかたが反対だ」と言うなり、燃えたままの薪を引き抜いて逆に入れた。その炎を顎で指し、「早よ消せ」と怒鳴った。「アホ、おろおろしなんで木の真ん中持って消しゃいいだけだ」

意地悪にもほどがある。釜がジュウジュウいい出した。初めチョロチョロ、中パッパ、ジュウジュウいうとき火を引いて、赤子泣いても蓋とるなで炊かねばならぬ。「舅さまが胃潰瘍だから、おこげはならぬぞ」と言われ、薪の火力に気を配る。米粒が揃ってはっつりと立ち、ふっくらと炊きあがるようにと。

　土間をへだてた漬物置場に走り、沢庵を出して洗って細かく刻む。歯のない大姑のために大根葉も細かく刻んで味噌汁に入れる。北側の冷えた石室から塩鮭を二切れ取り出し、七輪の網で焦がさぬように焼く。大姑は魚好きで焼き方にうるさい。鰤や鮭の高級魚は大姑と舅だけが食べ、安い目刺は康道と下宿人が食べ、嫁はたまにアラ汁を口にできるだけ。若姑はなま臭いものは嫌だと言って魚は一切口にしない。

　大姑は「おら持参金もって来たに、嫁のときゃ目刺しさえ食えんかった。今度は戦争のせいで上等な魚がねえときてる」と時勢に文句をつけ、嫁に当たる。

　お汁の匂いが立つと大姑は梅で朝茶を飲む。康道も起き、大きな座卓につく。舅とセツの起床は不規則である。別棟の下宿人の当番がお櫃と味噌汁、漬物など取りにくるので、嫁はその世話もして、「猫の座」と言われる板の間で急ぎご飯をいただく。かき込み飯は許されぬ。お給仕にも気を配る。若姑は野菜を噛む音、汁を吸う音にも神経を尖らす。

　康道は小学校教員の給与を半分自分がとり、残りを大姑に渡しているようだ。彼は尋常小学を卒えて十三でこの高上家の養子になった身だが、この地では教師は名士だから給与の半分を使えるのだろう。高上家はかつては豪農だったというが、身代を減らして今では五反余の畑を嫁に託している。

　作物は大家族の口に入り、収入にはならず、生活費は下宿のあがりで賄っている。隠居家を改修した別棟に六人の三食賄い付きの下宿人がいる。中学生や若い勤め人は食べ盛りだから、朝は大きなメンパの弁当箱にご飯を固くつめて持たせる。日曜日は昼食も出す。だから嫁の休むまは全くない。

若姑が寝込むと二階に様子を伺いに行き、胃の悪い舅と若姑にお粥を炊く。米から炊く粥だから手間がかかる。一同の食事がすむなり食器を裏の井戸端に運んで洗う。手の荒れが痛んでも風邪ぎみでも。掃除は走りながらハタキをかけ、長帚で掃き、廊下の雑巾がけは這って駆ける。大雨の日以外は野良の手を抜かず、時々下肥を汲んで天秤棒でかついで畑に運ぶ。

野良作業は重い、それでも家から外に出ると天を仰いで深呼吸ができる。「無事に育っておくれ」と野菜に話しかけ、山の母を想い、手を合わせる。

大洗濯は重いブリキのバケツを両手にさげて、栗林と竹藪を抜けて用水川に辿りつくのがひと苦労だ。川端にしゃがみ、洗濯ものを下盥、上盥に分け、灰汁で洗う。石鹸がわりに灰を陽なた水に入れる。この灰汁のつくり置きを忘れてはならぬ。

洗濯を若姑がときどき見に来る。「ほう、下ばきが上盥かね、なんでかね」と始まる。若姑は下ばき、腰巻き、足袋、靴下は下盥だという。友紀は下ばき、腰巻きは大事な肌着だから上盥、足袋や靴下、野良着の泥ものは下盥にしたいのだが、若姑の言うとおりにしないと厭味が続く。ふと洗濯の手を休め、川端の瑠璃色小花を摘んで衿もとにさした、瞬間、背後で咳が。若姑がしのび足で背後に来て監視していたのだ。

洗ったものを用水ですすぎ、二度目のすすぎは井戸水を使う。水で重くなった洗濯ものを二度に運び、裏庭のつるべ井戸で水を汲みあげ、分けてすすぎ、浴衣類は糊づけする。残飯を木綿袋に入れて糊をもみだすのに時間をくい、「まだすまぬか」「手ぐず。昼の支度が遅れるぞ」と大姑の怒声がとぶ。

夜は明日の米をといでから暗い電灯の下で繕いものをする。足袋は古糸で刺し、刺し子のようになるまで繕い、居眠りしかけると「この鈍！」と大姑が起こす。若姑にも針目のふぞろいを注意される。

夜業を終えると倒れるように寝る。ものを考える暇はない。考えたら身体が動かなくなる。新聞や本を読むなどまったく許されず、母に手紙を書くことも出来ない。母から手紙がくると、文盲の大姑の機嫌が悪くなる。

「友紀ちゃの家は貧乏助だに、手紙ばかり寄越しやがる。手紙を書けば紙がいるし封筒もいる。三銭切手も貼らにゃならん」

「手紙など書くから貧乏になる」とうるさいから、友紀は厠に隠れて壁を机がわりに生家に葉書を書いた。「封書はやめて、用件のあるときは葉書にして下さい」

独身時代は日記をつけていた。押入の整理中、それをとりだしたとき、大姑が背後で怒鳴った。

「嫁の分際で字書いて、読むなぞ許さん。さっさとタツケはいて鍬もって野良へ行け。嫁は三つ星出るまで野良で働くが当たりめえだ」

「セツは字が分かるで書いたら読んでおれに全部告げるど」とおどされ、嫁はぼろ雑巾よりややこしいと思う。奴隷も眠らねば働けないのに、大姑たちは覗きをやめない。

もう身体がもたない。友紀は二階へ行き、若姑を見つめて言った。

「わたしは、大ばあちゃんにどんなにガナられても耐えてまいりました。でも、もう耐えられません」

「わしも年寄ばあちゃんの怒鳴り声は嫌だ」

「嫁にくるとき母が手紙で申しました。お前はお子さまのないところへ行く。本当の娘になった気持ちでご両親を大切にあげ申せと。それで言いづらいのですが申しあげます。おかあさんのお顔がだんだん尖ってきました」

若姑の青い顔に影が走った。友紀ははっきり言った。

「夜中に割り木の上で寝床を覗くのやめてください。外履き草履をもって厠から出て来なさり、おかあさんもお疲れでしょう。大ばあちゃんの境の敷居には毎朝蝋燭の粉が落ちています、障子の穴は大きくなるばかりです。わたしはおちおち眠れません。このままではお互い良いことにはなりません」

「それをコーちゃに言ったか」

「いいえ。ただもう牢屋にいるようで辛いので、おかあさんに先に」

若姑は横をむき、「もう見ない。去《い》ね」と言った。

若姑はまた寝込んでしまい、食事を拒んだ。大姑が目をむいた。「おまんは見られて悪いような事しただってか。おらたちが見たとセツに文句つけたってな。どういう魂胆だ。セツの病気が重くなったはおユキのせいだ」

「夜中に覗くのやめてください」

「見るな見るな言うたら、よけい見たくなるもんだ」

おいセツ、と大姑は二階に向かい、「このアマはもっと見てくれと言ってるど。見るなと言えばもっと見るもんだに、それも分からん馬鹿者めが。もっと見てやらず」

大姑は長キセルで廊下をバシバシ打ち、激高した。拳で板の間をドシンドシンと叩いてがなり続ける。

「隠そうと思うと人間見苦しくなるもんだ。このたわけが、亭主を抱きてえのか、人をじらしてえのか、本心を言え。この傾城女郎め、女狐め」

大姑の目は激高すると丸くなったり鎌のように尖ったりする。ギロッと光る。

友紀は胸の中で言った。わかりました。では今夜から戸障子を全部開けますから見たいだけ見なさい。

「このアマ、黙ってうなだれて、しとやかに見せやがって。ほんに女郎だ」

ほんとうの遊女ならいたたまれぬ、そんな侮りの目だ。大姑はずしずし音をたてて二階へあがっていき、若姑を連れて降りてきた。若姑の目は狐つきのようだ。彼女は「女郎だ、傾城だ」と罵りはしない。女たちの稼ぎで育った遊郭の家の娘だからか。

若姑は全く口をきかぬ。これは大姑の怒声より厄介に思える。

大姑は指に唾をつけて障子に大穴をあけた。康道が「やめろ」と大声で言った。

「隠そうとすると、人間見苦しくなるでな。しっかり見てやらず」

康道は鋭く睨んだ。友紀は戸障子を全部あけた。「そんなに見たければどうぞ」

「なんだ、おれの布団は障子から遠くへ離して、康とわれの布団は近づけて敷いて。一つ布団に、さあ重なって寝てけつかれ。われのからだは、甘え声だしてえくせに、くっくっと声を殺しやがって」

友紀は夫婦の布団を大きく離した。大姑は言いつまったように睨んだ。

朝になると大姑は「ゆうべは二人で何かひそひそ話してたから、おれはなんも眠れんかった」と言った。一言も話していないのに、小声でこそこそ長いこと話し合ってたと言いつのる。

ついに大姑も神経の病になったのか。

舅がそっと言った。「友紀ちゃ、たのむで辛抱してくれ。苦労はわかっておる。だけも、年寄りばあちゃんを諌めればもっ荒らびるキンカチだ。セツはもっと長患いになる。頼む」

はじめて味方をえたのだが、舅は弱すぎた。日露激戦の将兵だったというが、いまは寝たり起きたりの気弱な老爺だった。

康道と大姑はもともと犬猿の仲だったという。前妻を康道は気に入っていたのに大姑が追い出した、その恨みの火が今もしぶとく康道のなかで燃えているようだ。

わたしは飛んで火に入った虫だ。


大雨の午後だった。吹き降りで野良仕事はできないから、友紀は南側の縁側で雑巾を縫っていた。若姑は康道の紬の袷を縫い始めた。若姑は太陽が嫌いで雨の日に起きて縫いものをするのだ。大姑は肘枕で横になって眺めていた。

「セツ、コーちゃの仕立てもんはやめろ」と大姑が言った。若姑は目をあげた。

「血のつながらん者は今に裏切って出てくど」

セツは首を横に振った。キミは鼻先で嗤った。

「こんな嫁をばコーちゃは抱いけつかるでねえか」

「そうじゃないわね。いちばん可哀相はコーちゃだわね、学校の父兄来てもヤマガの友紀は絶対出さんでくれと言ってるわね」

友紀は心臓に釘を打たれるようだった。大姑はなおも言う。

「そう言いながらコーちゃは真夜中にこの女をば抱いてたじゃねか」

本人を前になぜそこまで言うのか。

気がついたら友紀は吹き降りの井戸端で膝をついていた。夫が陰で一言ねぎらってくれたらどんな我慢でも出来るものだ、と説いた幸ねえさん、あれは仲人口だったですか。

康道は「つき合いだ」と言って飲んで帰る。酔って見えないが、酒臭く、すぐ寝てしまう日がつづいた。寝顔は血色がいい。内蔵が丈夫なのだろう。大酒の時は自慢ぽくなり、聖職を誇る。その顔は山の村で見た酔っぱらいより不快だと友紀は思う。

両養子への大姑の疑心暗鬼に友紀は愕然とした。二人は若夫婦の夜をいまだに監視していることを了解し合って喋っていたのだ。「コーちゃは友紀を抱いてたでねか」と大姑が言った瞬間、若姑の目が青く燃えた、嫉妬の炎だ。

大姑は康道には「兄さや兄さ、おまえどんな良いカカサもってると思てる。今日はなあ」という前口上で嫁をなじるのが常だ。その口上が始まると康道は二階へ逃げる。

「同じことを聞かされるのはもう嫌だヤダ。下はやかましくてやりきれん」と康道は言うが、妻は逃げ場がないのだ。

康道は妻に家計簿をつけるよう命じた。それで夜業仕事がさらに増えた。眠い目をこすり懸命に帳簿をつけると、それを夫は月末に点検する。康道は「自分の実家に金をやっていないか調べるのだ」と言い、その点検は厳しい。

実家の貧しさを伝えたのは幸ねえさんか？と考え、友紀は孤立無援の感じが深まる。はじめに大姑が言った。「おれとセツは持参金をもってきた。友紀のうちは貧乏助だ、箪笥と姿見だけの嫁入支度で来た。だで、自分の親類の義理は自分でしろ」

それで結婚前に信用組合で働いて貯えた二百三十円の貯金から義理を果たしているのに、康道は「お使いの釣銭」をごまかしていないか調べるのだ。

下宿人たちは心こめてお世話すれば、喜んで笑顔を返し、下宿代金を払ってくださる。なのに、家族なる者たちはご苦労さんの一言もない。

嫁とは何だろう。

友紀は下宿人や外の目が救いである。キミはそれを承知で客や下宿人の前で言う。

「わしらうちの嫁は何を言ってもこたえねえ女でござんす。平気の平座、鉄面皮でやんす。聞こえぬふりだで大きい声で言うしかござんせん」と始まり、「顔に出さずに心は夜叉、何を考えてるかわからん女が一番おっかねえでござんすよ」

など女性には繰り返し言い、男の人にあまり言わないのはなぜだろう。

セツは嫁への手紙はすべて読む。嫁が外仕事の間に、手帳のあいだ、箪笥の底、押入の行李の底までさぐる。母や姉たちにこの家の悪いことを訴えていると思っているのだろうか。母が心配するような手紙を出すはずがないのに。

セツは手紙から証拠を押えることが出来ず、行いからアラをさがし、尾ひれをつけて康道と大姑に言いつけるのだ。

「両養子は油断ならんからね。夫婦が仲良くなって一緒に出ていかんように、二人を馴染ませちゃならん」と若姑が念を押すように言った。

「嫁は生かさず、殺さず、夫婦仲良くさせずにこの家にとどめおくこと」と大姑が合言葉のように応えた。友紀はそれを立ち聞きし、背筋がぞくっとした。

三章　山の母

初乃母は玄関で小さな体を折って深いお辞儀をした。娘と目が会うなり、にこっと笑い、額の汗を拭った。

山から五里余の道を歩きとおして来たのに藍木綿の着物と手織り帯は着くずれていない。

初来訪の嫁の母を大姑は玄関脇の部屋に通したが、不機嫌な顔だ。

「何のご用で」

「お盆前にお舅様と婿様にお越しいただきたく、本日はそのお願いにあがりやんした。わたくし共の村のしきたりで、本家親分は子分筋に婿一見をしないとなりませんゆえ」

「むこ何とか、イチゲンとかは、山の風習かね? 親分、子分とはヤクザみたようだ」

「親分は古くからの長で、子分は身内衆でございます」

「へえ? おまんたがオサ? 嫁をとったはうちでござんすよ」

「娘をさしあげますと、相手のお方をご披露するという習わしがございやんす。婿いちげんと申します。子分筋みな衆を招んで、御馳走とお引き出物をあげる式でございやんす」

「うちは後妻嫁の披露はいたしやせんよ。婿の披露だけするは変な話だ。二度目の嫁だから器量悪はしょうねえとして、友紀の手むずのうすら馬鹿には困る。よほど猫可愛がりで育てなすったね。この嫁は鰯の頭を切って捨たでござんすよ。魚のおろし方も刺身づくりも下手、お針も手むずで、何を言って聞かしても、ほれこのとおり顔色を変えぬ。ようこんなうすら馬鹿を寄こしんさった」

「長年お勤めしてましたもので。足りぬことがあったら、実の娘と思って教えてやってくんなさい」

母は畳に手をついた。詫びなくていい、倒れる寸前まで働かされているのだから、と娘は母に言いたかった。大姑は居丈高に言う。

「今から仕込めとは大そうな言い分でねかね。わしゃ海の方で生まれて十八で嫁入っても、初めから何でもしゃっきりとやりやんした。女は字やソロバンよりお針やお膳ごしらえが大事だというに。二十七にもなってどうしょうもねえ」

「山では海のおさかな、お刺身は食べつけませんすけ慣らしてやってくんなさい。どうか婿様にお越し願いたく」

「うちの父ちゃんの病いは重い、康道も嫁も出せねえ」

「旦那様のご容態を知りませんでした。せめて康道さんだけでも」

キミは血相を変え、「かあちゃんのセツも具合が悪い。嫁が気がきかねえでセツは気の病いになりやんした。だで康道は絶対に出せねえ」

初乃は何か言いかけたが、娘を見ると悲しそうに目をそらし、いとま乞いをした。暗いうちに山の家を出てきた母にお昼もあげられず。

走るように去った母の小さなうしろ姿が消えると友紀は厠にとび込んで泣いた。

母が女学校の授業料を下宿の勝手口に届けにきてくれた姿がまぶたに浮かぶ。仕立て物の工賃が予定どおり入らず、授業料は時どき遅れた。遅れるたび事務室に行き、二、三日後に納めますからと言う。すると思ったとおり二、三日後に母は授業料を下宿に届けにきてくれた。暗い山道を夜どおし歩き、明け方、寺木戸ですまなそうな顔で現金入りの封筒と野菜を娘に手渡し、「元気で、しっかりな」と言うなり駆け去った。風のように駆けてゆく母の背に娘は頭を下げた。

母子家庭を針仕事で支えてきた母さんの慈愛が卑しめられてなるものか。

友紀は涙をふき、厠から出た。キミの大声が続いている。「あの山んばめ、康道さん、康道さんとぬかしやがって。給料取りの婿を自分とこへ呼びこもうとしてけつかる」

初乃の家系は代々山の神官で嫁いだ先は庄屋の大尽だったが、舅が身代をつぶし、夫が村のにわか神主になった。その夫が急死し、刀自の母が鎮守の神主代理を務めているが僅かな米や餅が貰えるだけだ。夫を亡くしてからは子分筋に支えられてきたから、しきたりを守らねば生き難いのだ。それを大姑は「ヤマガの貧乏ババアめ、婿を招んで実家で娘と暮らさせようと企んどる」と濡れ衣をきせる。

セツの細い声が応じる。「ヤマガはほんに貧乏スケだで婿の給金が欲しいだね」

友紀は姑たちを正面から見据えた。

「ひどい邪推です。母はそんなこと思ってもいません。卑しいのはどっちか」

セツは後ずさりして柱につかまった。「おっかねえ、腹の虫がついに目に出た」

セツが頭をおさえてうずくまったので友紀は藁草履をつっかけて外に駆け出た。母からの手紙が頭をよぎった。〈お前は実の子のない所へ嫁く。老いたら養子に頼るしかないお人だ。実の親同様に大事にあげ申せ。実の母を可愛いと思うなら年寄りを大切に。まごころはきっと通じる〉

心が通じないのは、わたしに悪いところがあるのか？と友紀はしゃがんで自問した。大姑は「最初が肝心、嫁と新兵はしごいて鍛えるだ」と言うが、鍛えるにしては意地が悪すぎる。娘を卑しめられた母の気持ちを想う。手紙を寄こさぬ娘を気づかって母は様子を見るために「婿一見」を申し入れに来たのではないか。

雪国の農作業の期間は短い。種々の野菜にあわせて下肥と堆肥を与えた、甲斐あって馬鈴薯、茄子、胡瓜、トマト、南瓜が生長し、もろこしも太ってきた。舅姑の世話に下宿の世話と百姓と、みなこなすのは並み業でないと畑の隣地のおばさんがねぎらってくれた。

深山の山坂を駈け、深雪や吹雪に打ちかかってきた自分の身体を信ずるしかなかった。八歳で父をなくし、貧しいなかで高等女学校に行けたのは、母方の憲叔父さんの援けがあったからだ。下宿代を安くしてもらうため下校すると寺の家事をし、夜中に勉強した。信用組合の残業もやりぬいた。母さんと憲叔父さんを思えば辛抱は悲しくなかった。だが嫁入ってからの辛抱は裏目、裏目に出て無念だ。

キミは嫁時代に夫と引き離され、頭の切れる姑にいびられたので、姑が老いると仕返しいじめをしたという。姑と舅が相次いで逝き、自分が姑になるなり一家の財布を握って君臨した。人の話では嫁のセツが肋膜炎だったたからよけい息子の世話をキミがした。先代も母と息子が組み、夫婦は別室だったという。セツは嫁から姑に昇格したのだが、夫の顕祥と口をきくことは稀れだ。

友紀はただ生存するだけで必死だった。梅雨を間際に綿入れや袷の冬物の手入れや作りかえをしなければならず、たくさんの洗濯をする。

高い棹に康道と自分の浴衣を干し、低い棹に大姑のつっ丈の寝巻きを干していると、キミがやって来た。

「近所のお内儀さんが笑ってるわ。いつも手前と旦那の肌着を並べて干してる、今度の嫁は色気違いだってな」

そんなことを言う人は大姑以外にはいないはずだから、友紀は聞かぬふりをした。

「二人の浴衣は並べ立てて、おれのだけ低い棹に干したは、除け者にして見下そうてのか」

「わたしのはお端しよりの分が長くて、兄さんのは背が高くて丈が長いので高い棹に」

「そういう理屈言う女だから、亭主にも好かれぬのよ。さっさと干し直せ」

友紀は自分の浴衣を低い竿に干した。

「ほら見ろ。おまんのは長着でも地面につかん。チビが」

悪たれガキのように大姑は肩をゆすって家に入った。友紀は古着と布団皮を解いて洗い、張り板でしわを伸ばす。農繁期で忙しいから板張りを急ぐ。あと一息のところにセツが風呂敷包みを背負ってちょんちょんと跳ねるように通った。最後の一枚を板に張るところだった。「おかあさん、ご苦労さま」と声をかけ、布端を張り板にのばした。

けたたましく勝手口で「友紀ちゃ、ユキ」とキミが呼んだ。駆け込むと、

「ご苦労さんなんて、おまんは口ばかりうまいこと言って、セツは泣いてるぞ。おまんは親の荷を下ろさん、だで、おれが下ろしてやっただ」

「重い荷をおろさして申しわけございません」

「ふん、軽いのさね。笹団子がちょっぴりの荷だ」

それを聞いてセツの泣き声が大きくなった。友紀はやむなく上がって「これから気をつけます」と言って外に駆け出た。

泣きやんだセツが張板の横に来て言った。「うちで寄り合いをするけんど、友紀ちゃは人前には出なんでね」

ヤマガ女、ちびで器量わるという康道の言葉を友紀は噛みしめた。むさいと繰りかえし言われ、自分の容姿を卑下するようになってしまったので、友紀は「結構です。人に会わずにすむなら」と言った。その夜、キミが命じた。「おまんは今年はお膳運びだ」

日曜の大寄り合いの日がきた。康道は口もとを引き締め、言葉少なく、客をもてなす。みな

ギロリ目のキミを避け、康道先生には丁重な敬語を使う。キミは舌打ちして言った。「何が先生だよう。外つらばっかよくて」

舅が茶の間にいざって来て横になった。嫁はお膳運びに追われ、舅の介護ができなかった。白足袋に紬のきもので、膳を厨房から客間に運び、酒の燗をつけ、さがってくる什器を流しに入れる。膳にはのっぺ、酢のもの、和え物、無理して手に入れた焼き魚がついた。魚は嫁には食わせぬ高上家のしきたりは固く、この日も嫁はお勝手でつまみ食いもできなかった。

セツは農作業や汚れ仕事をしないから陽に焼けず、肌も手もきれいだ。その白く細い指でお猪口をもち、右の袂をふわりと押さえて外向きにお酌をする。盃を受けるときは袖で口をちょっと隠す。日頃の目のトゲが消え、若やいだ笑い声を立てている。遊郭の生まれだから色気には全く興味がないと言っていたけれど、身ごなしがさまになっている。

カラ銚子をさげる友紀の背を大姑がつついた。「白足袋はいても、ヤマガ者だすけ着つけが下手だ。尻は出てるし」

ふり向くと男衆の目が自分のお尻に集まっている。友紀は羞恥に耐え、お盆をかかげてお勝手に駆け込んだ。

嫁は夕方早めに風呂を焚きつけ、火加減、湯加減をみて、尻はしょりで大姑の背中を流す。大姑の幅広の背中を甲斐絹の垢擦りで洗い、肩をもむ。

　ある夜、キミは風呂ではやし歌のような変な節をうたい、声を立てて笑った。容姿をからかう歌だと判ったが、調子はずれが可笑しくて友紀も笑った。するとキミは「われの姿を見てから笑え」と怒ってしまった。

　日をへて押入の行李の中に厚めの紙片が入っていた。

〈猪首に刺し肩　寸胴桐に渥美足、鳩胸、棚っ尻、おこぜの大口　あぐら鼻の山んカミ〉墨文字はセツの筆跡だった。

　短い太首、怒り肩、くびれのない太い胴に渥美大根のような太い脚、鳩胸、出っ尻、醜いオコゼ魚の大きな口、低いだんご鼻のおカミさん。または山の女。といった意味で、おまえは「不美人の代表だ」とキミは風呂で嫁をからかったのに、当人が一緒に笑ったので苛立ったのだとはやし文句の紙は示しているようだ。

　悔しがれば二人して喜ぶから、友紀は無視した。同じレベルの人間になりたくない、あの人らは病気なのだと考えて自分を保とうとした。

　嫁の平静さにキミはいきり立つ。

「鉄面皮！　自分の鉄ツラに触ってみやがれ」

　友紀はぎくりとした。わたしの表情は鉄のように冷たくなってしまったのか。

　山の初乃母が再来訪した。大姑は即座に嫁を遠くの魚屋へ使いに出した。一時間ほどで戻ると、母は居らず、大姑が茶の間で荒れていた。

「あの山姥め、うちに馬鹿女を寄越しておきやがって、何とこいたと思う。きつい目で、こうこいただぞ。友紀をうすら馬鹿の出来そこないだと言うなら、返してくんなさい。まだお腹に子が入ってないようでござんすけ、すぐに暇をだと。偉そうにこきやがって」

キミは目尻の皺をきつく引っ張り、煙管で敷居をバシバシ打ち、

「上里家はもと士族で親分の家筋だ、とうぬぼれがあるにちげえねえ。娘を返せがご挨拶か。はあー友紀ちゃなんか、もう言う事ござんせん。えれえ立派な嫁をよく寄越しておくんなした。と言ってやったら、山の古狐め、睨みつけて帰っちまいやがった」

キミは嫁に気がつくと、「ああご立派で、高等女学出のご立派で」と膝で詰め寄り、

「オラ字は識らんでも、家をもり立てた。襖も畳もみんなオラうちで替えただど。みくびるな。おまんのうちは何してくれた。障子紙一巻すら寄越さんでねか」

「セツ、セツ、今度あのヤマンバ来てもおユキの悪口なんか、これっぽっちも言っちゃならんど。娘に暇とらしてもらいてえなんて偉そうに言わさんように、ご立派で、高等女学校一番で出たご立派でって言え」

「いま友紀を山へやっちゃならんでね」

セツはそれだけ言うと二階へ上がってしまった。キミは「おまんは捕虜だ」と言うなり両手をひろげ、「ヤマガババアのあの目は何だ、ヤツは性のきつい山姥だ」

母はついに本心を言った、母は幸ねえさんに話しているにちがいない、とんで会いに行きたいと友紀は思った。するとキミは白目でチロッと見て、通せんぼをした。

友紀は流し台の魚に気がつき、大きな生鱒を洗った。魚の目が恨んで泣いているように見えた。ごめんと手を合わせ、息をとめ、出刃包丁を一気に魚のかまに入れた。

おとなしい母が「戻してもらいたい」と言ったからには。娘のわたしは。しかし当人が不在中のことだ、沈着に。

高い山が雪化粧した。友紀は秋の取り入れに没頭した。秋蒔き野菜の種をまき、蕪菜、大根、白菜、牛蒡など雪の前に取り入れ、お葉は洗って漬け、大根は干して沢庵漬けに。保存の根菜は裏のむろに入れた。

農閑期には辺鄙な土地の縁者がこの旧家を宿にして医者通いをする、というので、寝具の点検準備など、寒くなっても目の回るような日が続く。

四章　戦　火

「里帰りはこれが最後と思え。いいか二晩だ」と大姑が右肩を前に出して言った。友紀は黙って引き取り、大事な手編みのセーターを着てマントと長靴で裏木戸をぬけた。風の冷たさを気にせずにゴム長靴でスポスポ歩き、途中で土産の飴を求めた。

八月十六日のお盆藪入りに里帰りのはずが、里の母の「婿いちげん」の申し出が邪推されて延期になっていた。友紀は冬支度を済ませると、「ドカ雪の前に里帰りしたい」と皆の前で申し出たのだ。大姑は「里の義理は自分でしろ。下宿のおかずの段取りをしていけ」と言って日を決めた。

貯金通帳と印鑑、日記帳の風呂敷包みを持って出た。二十歳から結婚前までの日記は里の母と甥に託したかった。

女学校のときは下宿から生家まで片道五里余を速歩で歩いたものだが、初の里帰りだから個人運行の乗合バスに乗った。木炭小型バスは山道を躍りながら往く。

女学校時代、バス代は片道二十銭、運転手が特別五銭まけてくれたのに、十五銭を倹約して歩くのが常だった。母を見習って登り坂でも駆けるように歩いたものだ。

小さなバスは途中で折り返しだった。降りて徒歩で二里、川沿いのうねうね坂道を歩いた。子どものころ駈けまわった急坂にかかった。夢中でかけ登り、「母さん」と呼んだ。黒ずんだ家の外に小さな母が立っていた。

「やっぱ友紀だった」

友紀は軒の低い古家にとび込み、涙ぐんだ。むかしのままの板の間と神棚、幣帛の奥に戸隠神社のお札がある。神棚に土産の飴を供え、長い無沙汰を詫び、柏手を打った。

夕食には野菜づくしのご飯をいただいた。家族を支えてきたわたしの給金がなくなった家、玄の下半身マヒの治療に多額の医療費をつかった家計、その苦しさを思うと、白米がどんなにご馳走か身にしみる。

高上の家は地獄だとのどまで出かかり、呑みこんだ。村に出戻った嫁が辛抱なしと言われ、頭を病み、親も片身狭くしていたことを思い出す。

甥の玄は知識欲旺盛で、女学校の古教科書で独学し、亡き父親に似た達筆である。学校に行かずに漢字をたくさんよく覚えたものだ。育ての初乃祖母は字が書けず、針仕事に追われる身、手紙類や書類は玄が代筆している。

玄は八歳の夏、昏睡が七日間つづき、「嗜眠病」と言われ、いよいよ危篤だというので、村の親戚や近所の人がお別れに集まり、みな大声で名を呼び、枕元で葬式の相談を始めたら、まつげがチチチッと動き、ぽかっと目をあいた。わっ、生きた！

遠い町から有名なお医者さまに往診してもらい、脊髄に注射針を刺す治療を受けたのが効いたらしい。意識を取り戻したので、母親が抱き起こすと、紫色になった腰の肉がばさっと落ちた。みな目をおおった。

生還できたが下半身は動かず、初乃は孫のマヒを治すためにおぶい紐で背負って上京し、一年間大病院を回り、治らずに山に戻り、そのあとまた横浜に行き、電気治療院に半年通ったが立ち上がれず、借間をたたんで帰ったときの母は別人のようにやつれ老けていた、

「友紀も痩せたなあ。上の兄さんも下の兄さんも肺病で死んだ。おまんはあの死病にだけはならんでおくれ」

「肺病には気いつける。かあさんこそ無理しなんでおくれ」

「陰膳供えて無事を拝んでいたが、お盆に帰らんから、見に行った。友紀はあの鬼ババさには負けんおなごだと思った。けも、康道さんの心がつかめん。帰りに法福寺さんに寄って幸さんに話した。主人がきっと陰でかばってくれていると幸さは康道さんを信じてえなる。教え子の肩をもつばかり、幸さんには通じぬと判った。友紀は自分が頼りだ」

友紀は肯き、横になるなり死んだように眠った。二晩熟睡し、婚家に帰る日がきた。家の外に出ると。群青色の空になごりの小さな紅葉が映えていた。きれいだ。来た時は風景が見えなかったのに、はっきりと見える。

雪に耐えて曲がった樹々の枝のむこうに、滝が音高く跳ねている。もうすぐ雪が降りつもり、水墨画のような景色に変わる。この山にいたい、母さんのそばにいてやりたいと思う。しかし午後には思いを抑え、出立の挨拶をした。母は目をしばたたいて言った。

「自分に負けぬと決めたか。両養子は大変だという。さぞご苦労なことだろう。見きわめた時は戻ってこい」

「下宿の人がおるから、畑があるから、わたしは生きている。女学生、中学生、若い勤め人、六人いてくれる。よそのお子さんだすけ、内の事には口を挟まんけど、みんなが慕ってくれる。近頃は休みの日に薪割りや畑の手伝いしてくれる子がおる。勤めの若いしが風邪で休んでて、わたしの帰りを待ってえる。もごいでわたし帰る」

「そうか」と母は拝むように目を閉じた。漢方のキハダを持たせてくれた。

友紀は町のはずれの宗さんの家に寄った。宗さんは高上家の冠婚葬祭や寄合いの手伝いをして来たおばあさんで、話好きだった。

《お嬢さんのおセツさが高上家に縁づいたはおキミさの実家と縁つづきで、肋膜に罹ったからだ。肺病では貰い手がないで、持参金とあねやんつきで高上に引き取られた。十八で嫁にくるとすぐ肋膜炎が再発してお里に戻された。実家で乳母に看病されて一年半で高上に戻ってきた。乳母が哀れんで自分のしっかりした娘をつけて寄こした。それは頑丈でどんな仕事でも出来るあねやんだった。

嫁は百姓仕事をする習わしだにおセツさは鎌さえ持てず、野良も炊事洗濯も全部あねやんがやった。この娘が三人力だったからあの家はもった。大旦那の世話ははじめからおキミさがしておった。おキミさも何かわけあって持参金つきで破産寸前の家に来て、姑になるとえれえ剣幕で、息子を嫁さんに渡さんかった。夫婦とは名ばかりさね。

八年後にあねやんの母親が倒れた、あねやんは親の看病をしに帰った。その日からおセツさは神経衰弱だ。子はまだかと人に訊かれたといって泣き、石女と言われたといって泣き、手におえん。そんで養子をとった。康道さは農家の子で、八人兄弟全部頭がいいそうだ。その五番目の一番美丈夫の子をおセツさは選んで頼みこんだと。

康道さは尋常小学六年を卒えた三月に養子に来て、高等小学から師範学校一部に進んだ。徴兵検査のあと連隊に入ると、おセツさはご馳走の重箱をさげ、部隊慰問さね。あの人はとびきりの別嬪だし、隊長がおセツさの実家の遊里を贔屓にしていたこともあって、康道さは特待あつかいになったそうだ。背がでかいだけで教練も銃の手入れも駄目だったが、上官に「しょうねえなあ」と言われただけで殴られずに保護兵扱いで半年で家に戻ったと。

嫁の正代さはおセツさの実家と親しい金持ちの娘、お嬢さん育ちのポンポンものを言う人で、はじめから年寄りバアちゃんと衝突した。野良仕事を嫁さんは嫌がって、教員の康道さの愛妻として振舞った。「疲れる、つらい」と訴えたら、年寄りばあちゃんが怒鳴った。嫁の分際で早起きせず、二階にあがって新聞を読む、雑巾がけがなってないとか口小言が絶えない。

正代さんが「今の時代は女も新聞を読まなくてはいけません」と言い返したとかで、おキミさは「うって返し言う嫁は出てけつかれ」と怒鳴った。正代さんは実家に戻った。おセツさは寝込んでしまい、しかたなしわしが手伝いに入ったのさね。

おセツさは康道さに泣いて頼んだ。「正代と二人で家を出なんでおくれ」と。正代さんの親は若夫婦が別の町で新所帯をもてるように康道さを遠くの学校に転勤させることにした。父親は教育関係にも顔がきく有力者で、婿の転勤先が内定した。

それを知っておセッさは狂乱し、おキミさは正代さんの家に怒鳴り込んだ、その剣幕で離婚となって、おセッさの神経衰弱が重くなった、そんな所に友紀さが来なさった。ほんにご苦労なこんだ。》

友紀は吐息をもらし、「わたしもとび出したい」と呟いた。

「どこ行ったたって苦労はある。おキミさの悪態はきりなくとび出す、あれは天才だ。笑ってやれ」

「天才？」

「悪口雑言の天才で負けん気で、字読めんから女学校出なんかクソと思ってる。わしも字読めんが、クソとは思わん」

宗さんは声を改め、「康道さんの実家は、今度離婚になったら息子を返してくれ、と言った。それもおキミさはくやしいだよ」

友紀は「笑っちまいな」と宗さんに助言され、高上の家に戻った。裏から離れの下宿部屋に直行し、高山青年の容態を見た。「帰ってくれましたか」と安堵した顔で「熱はさがったが咽と胃が痛い」と告げた。「お粥を炊きましょね」

大姑はお勝手と居間を行き来していた。友紀を見るなり座った。「戻ったかや」

その夜、友紀は床に就いてから考えた。康道は義母に溺愛されたために人の悲しみが分からない人になったのでは。あるいは大姑と義母の間で養子なりに気をつかい、家では無口なのかもしれない。正代さんは独りでいるという。そのひとを康道は忘れられないのではないか。

冬になり、繕いものの夜業が長くなった。友紀は目が疲れ、鳥目のようだった。またたくまに師走を迎えた。激しいチャイムの音が茶の間のラジオから流れた。

「昭和十六年十二月八日、大本営発表—帝国陸海軍は今未明、太平洋に於いて米英軍と戦闘状態に入れり」

真珠湾奇襲攻撃の臨時ニュースを聞くなり、友紀は思わず言った。

「ああ馬鹿なことを、日本は負ける」

「何を言う」

康道の険しい目に友紀は驚いた。「思ったことを正直に言ってはいけないですか」

「そんなこと二度と言うでないぞ」康道は厳命した。

数日後、友紀はまた康道に叱られた。横浜の米国兵捕虜が港湾荷役の労働中、空腹に耐えかねてこぼれたナマ大豆を拾って食べ、これを見た主婦が同情したら、軍部の耳に入り、「敵国捕虜にオカワイソウニとはなにごと」と大見出しの新聞記事になった。友紀はその見出しだけ見て「当たり前の人情だいね」とつぶやいたら、康道が聞きとがめたのだ。

「口を慎め。戦陣訓を知らないのか」

「はい、生きて虜囚の辱めを受けず、だけしか」

「根性なしの敵に同情する奴は非国民だ。日本軍人は捕虜になる前に自決する」

下宿の若い人たちが「日本はついに堪忍の緒を切った」と興奮して言い、戦う気概を示すので、友紀は一人ぼっちになったように感じた。

雪が降り、また降り、重く降り、積もった。玄関から道路までの雪かきは下宿の中学生、女学生に応援を頼み、白い息を吐きながら通路をつくる。山の村では雪おろし、雪掘り、雪踏みは部落の男女総出でこなし、手不足の家は助けてもらえたことを思い出す。下宿の若いしの手伝いがなかったらこの家はどうなるのか。

康道の帰りは遅く、三人の年寄りは冬ごもりである。大姑と若姑は煙草好きだから、冬の家の中に煙がこもる。ふたりの好きな煙草の「ひかり」は十八銭から三十銭に上がり、品不足だから、康道の配給分を取り合って口喧嘩する。戦局や社会の話題はなく、大姑は「うまい魚が手に入らぬ」不平を繰り返し嫁に言う。

寒に入ると信越境の豪雪部落から縁者が五人やってきた。山仕事の閑期に高上家を宿にして町の医者に行くのである。怪我の後遺症、痔疾、入れ歯をつくる人、付き添いの家族が二人、みな炭と米、干茸などを逗留代として持参し、介護人は掃除や洗いものなど家事を手伝うのが慣わしだという。友紀は山の人に懐かしさを覚え、母屋の客間で食事をもてなした。

揃って食事が始まると、キミは長煙管で煙草を吸いながら悪態をつく。

「わしらうちの嫁はこの通り何を言っても笑ってござる。鉄面皮だったのが、この頃は怒られると、ふふ、へへと笑うでやんす。どういう魂胆でござんしょうか」

逗留人は困った顔をする。友紀はこだわらない笑顔でお給仕をする。歯の治療のおじさんには柔らかい芋汁など気配りした。その優しさがキミを苛立たせるらしい。

「ちっ、在所もんや下宿人に点数稼ぎおって」

「在所の病人には親切が一番の薬、いい嫁さんで有難い」と年かさの芳さんが言った。

「甘やかさんでくれ。うちの嫁だ。おまんた何様だい」

「病人宿は高上のご先祖からの勤めじゃろうが。宿りさせて貰うから付き合っているだわね」

「友紀ちゃ、ようく覚えとけ、このうちは米蔵のある大尽だ。炭より米だ、米だど」

キミが去ると、芳さんはくやしがった。

「あんね、泣いちまいな。泣いて黙らせなんしょ」

涙を流したらいじめが勢いづいたことがあった。やっと笑えるようになったのに泣けとは。

「泣いても笑っても、いけないようです」

「あらまっ、あんねの笑顔は百万両」

ひょうきんな芳おばさんに友紀は救われた。

病人宿の人たちが引きあげた二月中旬、法福寺の使いの者が幸ねえさんからの舅宛の頼み状を届けにきた。

「おばあさまが亡くなりましたで、葬式の手伝いに友紀さんを二日間ほどお貸し下され」

使いの男は低頭した。家長宛の文であっても、嫁の貸し借りは大姑が決める。

「法福寺の頼みでは仕方ねわね」

急いで喪服を取り出した友紀にキミが言った。

「コーちゃとの夜の事は気にせんでいいど」

夜の事と声を強めのが変だったが、友紀は外へ出ると足どりが軽くなった。鳥籠から放たれた野鳥の気分か。

法福寺ではすでに葬式の準備が始まっていた。女学校時代きつくしごいたおバアさまは白布を顔にのせた仏さんになっていた。友紀は悔やみを述べ、割烹着をつけて什器やお膳を出し、煮しめの下ごしらえをした。台所を任された友紀は、まる二日きびきびと働いた。

「友紀ちゃんが来てくれて助かったわ」

幸ねえさんはお礼の品を差し出し、膝をよせて小声で言った。

「去年、山のお母さんがみえて、高上に友紀をやったは間違いだった、康道さんが冷たいのは母親としても切ないと申されたけも、康道さんはわたしの教え子の中で一番ものの解かる人です。主人の良いところを見つけて、褒めて、心を溶かすのが妻の務めですよ」

いじめられて苦しんでいるとき、いじめる側の心を溶かせますか？と友紀は訊きたかった。夜おそく帰宅すると、キミが口を押さえてくっくっと笑い、「コーちゃは二階で寝てるで夜のことは心配せんでいい」と言った。

「法福寺さんからの頂き物を見てください」と友紀は二階に声をかけた。返事がない。しばらくしてセツが水差しをもって降りてきた。「主人に下に降りるように言って下さい」

「コーちゃは生徒の願書書きしてるで降りられないよ」

康道は二階に住むようになった。セツは顔色が良くなり、康道の好物の蜜柑や林檎を二階の押入に隠し、「二階の炬燵の炭、たくさん熾してね」と頼む声がやさしくなった。

気難しい夫の世話が減っていいと思ってはならぬと友紀は自分に言いきかせた。再度自室に戻るよう頼んだが、康道は終業式後も降りず、キミは「コーちゃの布団を二階に上げろ」と命じた。

新学期になると、康道は寝具を自分で二階に運び上げた。

シンガポール占領、ジャワ占領のあと、米軍の総攻撃が始まった。日本本土も空襲だというので、「いざという時は骨太のお舅さまを背負えるのは主人だけです」と友紀は言った。「そんなこと言ってもコーちゃはもう二階の人だよ」とキミは言う。

「あの人、近いうちに下に降りると言ってなさったです」

セツの顔色が変わった。「何？　コーちゃ、そんなこと言ったかね」

友紀は困った。康道が帰宅したら嘘がばれてしまう。そこに薪炭を調達してくれる杣人の旦那が来訪した。友紀は助かったと思い、お茶を出し、厠に飛び込み、紙片に鉛筆で走り書きをした。「貴方が下に降りなさると嘘を言ってしまいました。お願いです。何としてもご自分の部屋に戻って下さい」

三人のお膳を客間に運び終えたところに康道が帰宅した。友紀は玄関にとび出し、紙片を康道に渡し、少しして二階に行き、「聖職者なら、ご自分の部屋に」

「下にはうるさいババアがいるから嫌だ」

「では離婚するしかありません」

友紀は康道の目を見据えた。セツが二階に向かって呼び立てた。

「何してるえ？　何してる」

「下で呼んでる、早く行ってやってくれ」

「聖職者と言ったわけは、おかあさんとの噂が立ち始めているからです」

康道は厳しい目で「一週間したら降りる」と答えた。

階下に降りた友紀の腕をセツはとらえて詰問した。「何しに上がった？」

「見ておくんな、おらうちの嫁はおやじ抱くことしか知りゃせん。ちょっとの間に二階でおやじを口説いてたでござんす。お恥ずかしいこんで」

キミは身ぶりをつけて話す。杣人の旦那は挨拶もそこそこに帰ってしまった。

康道が降りてきて言った。「一週間したら下におりる」

「何だ、セツ、コーちゃが二階住まいやめること知らんがったのか。ほれ見ろ、養子はカカア貰えば裏切るって言ったでねか」

セツは身をよじって泣いた。畳に伏せた薄い肩と櫛巻きの髪が揺れ、泣き声が高まった。康道は二階に逃げ、食事をとらなかった。

セツは床につき、康道は約束の日がきても降りてこなかった。友紀は思う。おセツさんの涙に負けて知らぬふりをして卑怯だ。最初の妻が好きなら大姑に立ち向かって取り戻すべきなのに。すぐまた憎い大姑の言いなりになってわたしに大真面目な結婚申し込みの手紙を書いた。嫌なら断わるべきだった。


四月十八日に山本五十六元帥連合艦隊司令長官が戦死した。「元帥の戦死に報いるに飛行機の増産を。国民一丸となって金属の献納に励むべし」ということで、家庭の銅火鉢や鉄瓶、日本刀、大釜、バケツなどを役場に献納する命令がきた。

よく使い込んだ大きな南部鉄瓶は重宝しているので出したくないと友紀は言った。セツからそれを聞いた康道が「お国のために献納しなかったら、日本はどうなるか」と高い声で叱った。兵器をつくる金属のない日本は勝てるのですかと友紀は胸の中で反問した。

大鉄瓶もブリキのバケツも康道が役場に納めてしまった。

隣組の人も下宿の中学生、女学生も農道で会う人も「神国日本は勝つ、勝つまで戦う」気概に燃えているようだ。友紀は、外でも心を許せなくなった。

天気に合わせて野良を鋤で起こし、つぎつぎ種をまき、苗を植える。雲雀が鳴く。小鳥や土竜や野鼠は、謀みや悪意の言葉で傷を負わせない。人間よりどんなに賢いか。

五章　苦の帰郷

藤色の綸子羽織に櫛巻きのセツに友紀は見とれた。衣類も配給制が厳しくなり、国防色や標準服の時世なのに、セツは緋色の長襦袢の裾をちらりと見せて玄関に降り立ち、めずらしくやさしい声で言った。

「二階の掃除してね。散らかってるものを片付けといて」

セツの外出を見送ると、友紀は急いで昼の片付けをすませ、二階にあがり、万年床のまわりの本や新聞、空箱などを隅に寄せ、康道の布団をあげた。

敷布団の下から黒皮表紙の日記帳が出てきた。ためらいながら開くと、M、M、という文字が目に飛び込んできた。

「Mの声に呼ばれ、迎えに来たよと言ったらMがとびついて来た。Mの手を握ったところで目が醒めた。また夢だった。君は再婚しないのか、離縁のため出来ないのか」

「＊＊を無理やり押しつけられた。＊＊は絶対に愛すまいと思う。嫌だ、断固＊＊は嫌だ」

ページ繰ると「＊＊が死んでくれたらと願う」とある。

次のページにも「＊＊は嫌いだ。死んでもらいたい」とあった。消した字をすかして見たら「ユキ」だ。息をのみ、＊＊に友紀を当てて読み直してみた。

《昭和十八年一月七日。友紀の馬鹿のおかげで元旦から母は寝込んでいる。あれは馬鹿だから本当に嫌になる。あんな女と一生を共にしなければならないと思うとたまらない。早く死んでくれたらと願う。死を》

顔から血が引いた。わたしは夫の願いで殺される。Mは正代の頭文字、正代を忘れられない。友紀に死を。

康道の大きな目、角ばった長い顔が恐ろしくなった。私が熟睡中に首を絞めはしないか。私の死を願う者の食事をつくり、世話をするのは嫌だ、苦しい。

夢中で畑に飛び出したが、無心に働けず、夜はうなされた。苦しくて眠れないから電灯の紐をのばして傘ごと掛け布団の中に入れ、這いつくばってわら半紙に手紙を書いた。熱い電球が肘にあたり、悲鳴をあげそうになったが、それでも書きつづけた。

《入籍の夫婦とはいえ、夫婦二人だけで話したことが一度もありません。私はおばあちゃん、おかあさんに気を使い、朝から晩まで非常に忙しく、ただ働くだけの毎日でした。貴方はおかあさんの言う事を信じておられるのですか。事実でない事を針小棒大におっしゃる事が多いのに、嘘を見抜けないのですか。私は嘘の告げ口に抗弁も言いわけもせず、神仏と貴方を信じて耐えました。

貴方は教育者、いつかきっと事実を見通して下さると信じました。どんなに冷たくされても私は夫である人を信じようとしました。信じないと辛抱出来なかったのです。本日、掃除を命ぜられて、つい貴方の日記を見てしまい、「早く死んでもらいたい。死んでくれたらと願う」という言葉に驚き、目の前が真っ暗になりました。神仏の加護はないのか。

絶望のため、疲れていても眠れません。じかに話して下さい。妻の死を願う本心を皆の前で

述べるべきです。必ず、すぐに返事を下さい。》

鉛筆で書いた手紙をたたんで袂にしのばせ、人のいない厠の前で渡した。康道は一瞬、哀れむような目をした。友紀は悔いた。

友紀は貯金通帳と印鑑、着替えを風呂敷に包み、家出の準備をした。

翌日、セツが茶の間で手紙を高く掲げてみせた。

「隠れてこんなもの書いて。手紙で口説かれてもコーちゃは読んだかどうか、これ二階に丸めて放ってあったよ」

友紀は打ちのめされた。セツは完全に優位に立っている。

「友紀ちゅう人は気持ちどこにあるのか判らん。やっぱおっかない女だ。あんだけイジメられて出てかんとは」セツは気味悪そうにそう言ったあと、無表情になった。

主人の日記を盗み見た行為は悪かった、はめられたと友紀は思う。万年床をあげ、日記を拾い読めば康道の本心がわかるだろうとセツは罠を仕掛けたのだ。

キミだけは張り切って声を高め、「おやじの日記をこっそり読んで、それを手紙に書くとは、おっそろしい女だよ」から始まり、「おやじをたらしこむために、隠れて手紙書いて、ご返事下さいとは傾城女郎の手口だ。好かれてるならまだしも」

母屋にヤカンを返しに来た下宿の勤め人にもキミは言った。

「おらうちの夫婦は日本一でござんす。夫婦の間で手紙のやりとりをしているんでやんす。

まじめ顔のあの嫁は、傾城、芸者も及ばん文句でオヤジをたらし込むことを書きやんした」

康道はまったく口をきかず、食事のときも無表情だ。

これ以上辱められては生きていけないと友紀は思った。


実家の土間に踏み込むと気が遠くなった。まる一日昏睡のように寝て、うなされたように唸った、と目が醒めてから母が言った。

「よっぽど疲れてただね。目がさめてくれてほっとした。今朝、高上へは玄が葉書を書いてくれたよ。友紀は熱があって、ジンマシンも出ていますから、実家で養生させますと」

友紀はしばらく放心していた。ひとりになると死にたくなった。

いじめが続くと、頭ではその非道に怒りながら、自分に落ち度があったのではと思う。自分は美人でないから、嫁奴隷だからと自分をみつめて苦しむ。謙虚に反省する長所が裏目になり、天の試錬だと思ったりする。これも有縁の家族だと自分に言いきかせもする。

芳さんたちに「笑顔が愛らしい」と褒められても、美形のセツを見て自分は鏡を見ないできた。しかし忍耐にも限度がある。

死ねば苦しくなくなる。「私の恨みでお前らを絶対い幸せにはしないぞ」という腹の底から湧いた呪い、この苦しい思いも死ねば消える。いや、死んでも消えない。

女が見知らぬ家に嫁に行く事は牛馬が屠場に牽かれゆくのに似ている。花嫁御寮はなぜ泣くか、母の暮らしを見て感じていたのに、適齢期を過ぎ、嫁かず後家は不幸だという説得と褒め言葉と康道からの「新生活を築きたく」という決意表明の手紙に騙されたのだ。

初めて里帰りしたとき、母が訊いた。「お前はしんの強いおなごだすけ、あの大姑や若姑には負けぬ。友紀が悩んでいるのは旦那さんが冷たいからではないか」と。

図星を指され、「この結婚は私しか勤まらぬ」という自負がつき崩されそうになった。「自分で決めた結婚だから七難八苦にうち克とう」と決意した。しかしあの家の中の餓鬼のような毎日のイジメ、夫の冷たい目は「信念の七難八苦」に値するのか。

誇りが目を覚ました。「母上様、先に行くことをお許しください。」と便箋に記し、卓に伏せた。苦労して育ててくださった母さんに申しわけないと思う。涸れていた涙が出た。

母が井戸端で誰かと話している。「あの無邪気な子が別人のように暗い顔になって。何があったか、可哀相でならぬ」

「きっと、もとの明るい友紀ちゃんに戻りますわね」と女の声が言った。

そうか、わたしは無邪気で明るいおなごだったのだ。娘時代、村の人たちの貯金や郵便の事務代行の奉仕をして、みんなから喜ばれていた。

正代というひとは実家が資産家で父親が有力者だというが、それでも「我侭女だから出された」と言われている。主人か、主人の親が嫁を離縁したということにしないと世間が許さないのだ。出戻った女の話を同情顔で聞き、皮肉ったり嘲笑ったりして仲間からはずす。傷ついた女を誘い出し、応じないと卑しめる男もいるそうだ。

「里に身を寄せたけも、こんなに辛いもんか。働くところ世話しておくんなさい」と離婚した女のひとが母に訴えていた姿を思い出す。やむなく後妻に行くか、よその土地で暮らすか。金のない女は廓に入り、からだを壊すか。

なぜ男の横暴は許されて、女が貶められるのか？とあの人は泣いて訴えた。女がみずから離婚したら家がつぶれる、いや、女の腹は借りもの、家督を継ぐ男子が大事、主人が絶対なのだ。

子どものときに見た親戚の座敷牢が目に浮かぶ。板戸に外から大釘としん張り棒をかい、日に二回、麦飯と汁、少しばかりの漬物を差し入れていた。日の当たらない部屋をのぞいたら、暗く狭い所に髪を解いたおばさんがうずくまっていた。黒ずんで見えた。

おとなになって聞いた話では、主人が若い妾を家に入れようとしたら妻が悋気したので、本妻を親戚の座敷牢にあずけ、妾を本妻にしたということだった。よく働くおばさんだったが気がふれてはおしまいだ。と母までが狂った妻が悪いように言った。

主人からうつされた梅毒が脳にのぼって裸でわめきまわるので座敷牢に入れられたおばあさんもいた。あのおばあさんは狂い死んだ。つぎつぎ嫌なことが頭に浮かび、心が沈む。

そこに東京の姉から手紙がきた。

《玄からの手紙で貴女が出戻って寝ていることを知りました。忍耐強い貴女のこと、よほど苦しいことがあってのことであろう。貴女は何も言ってこないから理由がわからない。が、苦しんでいることが旦那さんのことなら、私に一つだけ言わせてほしい。

いくら姑さん達に気兼ねしていても、夜は二人だけの時間があり、共寝するひとときもあろう。夜の夫婦だけの時間に、貴女は「身も心も貴方のものです」という態度を主人に示したか。それをしなかったなら、主人の心を自分に向けさせることは出来ない。旦那さんが求めているのは共寝の時のそれではないのか。不快に思うだろうが、素直に自分を見直し、やり直してほしい。これが姉の切なる願いです。

幼い時、お父さんに「頭がいい」といつも褒められた友紀、学校を一番で出た友紀が、まいったとは、私も本当に心配です。

思いつめて死んではいけない。自害は親不幸です。生きていればお母さんや玄の役に立ち、いつかは戦争も終わり、きっと幸せになれるよ。いいね、死なないでよ》

姉さん、あなたは何でも言い合える人と結婚できた。姑の苦労を知らず、覗かれ、監視されずに暮らしている。だから「夜の夫婦だけの時間」を考えられるのです。大姑のギロギロ目と若姑の尖った目に見られ、声も聞かれ、それを他人に伝えられながら、どうやって「身も心もあなたのものです」と出来るのですか。そんなことをしたら、康道はわたしをもっと避けるでしょう。夢中で夫に手紙を書いたら、前より冷たくなったのです。

人は自分の体験でものを言う、実の姉でもわからない。悲しいと思った。しかし「自害は親不幸です」「死なないでよ」という姉の言葉で死ぬ気が失せた。

実家には神道の神棚の横に浄土真宗寺の寺から嫁いだ祖母の仏壇があり、「親鸞聖人御影」の軸がかけてある。祖母の仏壇から阿弥陀経をとり出した。

裏の林の中で阿弥陀経を夢中で憶えた。しだいに頭が落ち着き、終わりまで暗唱できた。ハハソの木の根方に座り、大きな声で唱えるうちに、ふっと苦の玉が靄になって身体から出ていくような気がした。

耳をすますと森はしんとしている。遠くで小鳥の声がする。息を吐いて力をぬいた。

その夜、母が風呂に薬石油一合と塩一升を入れてくれた。古代から湧き出ているという薬石油は草水・クソウズといわれ、ジンマシンや皮膚病、痔、冷え性、神経疲労などに効くといわれ、玄はときどき麻痺の足をクソウズ湯で温めてもんでいた。

風呂桶につかり、目を閉じた。一番風呂に入るのは何年ぶりのことだろう。

玄はもう十七歳になる。かっきりした二重の目はりりしく、笑うと邪気のない顔になる。貧しくとも新聞をとって古教科書と合わせて独学し、字の書けない村びとの代筆をまめにつとめている。

玄は頭が良いから、大人になると悩むのではないか。わたしが生きていれば、きっとあの子の役に立つ。

若い身体が生きたがっていた。

六章　忘れじの

朝もやの深山に入り、記憶をたよりに踏みあとを辿る。熊避け鈴が腰と背中でチンシャラチンシャラ鳴り合い、はずみがつき、わらびの城が見つかった。腹這って見ると、目線の高さに、緑のすぎなに混じって茶色のわらびの頭がたくさん見える。茶みどりの茎を折る。みるみる恵みの束が大きくなった。束をメリケン袋に入れてかつぎ、周囲の山蕗もいただき、蕗は束ねて背負う。

昼には家に駈け戻り、すぐに銅の大鍋で蕗をゆがき、蕨を灰の熱湯に漬ける。どちらもみどりに仕上げて保存食用の樽に漬ける。

翌日は根曲り竹の筍を採りに谷添いの竹山に入った。急斜面では左手で竹につかまりながら右手で筍を折る。山の恵を背負い、谷底までつづら折りの坂道を駆けくだり、谷川の小さな木橋を渡って対岸の坂を道まで登る。

木橋を渡りながら先祖のことを想った。「代々の言い伝えは、系図を絶対に見てはならぬ」ということ。それを小さい時に聞かされた。古い時代に先祖は峠を越えて山峡の清流ぞいに棲みつき、九戸が助け合ってきたという。この雪深い山の里では支え合わねば存命できず、集落の結は固く、いまは長刀自の母を中心にまわっている。

見てはならぬ系図がなぜそんなに大事かと父に訊ねたことがあった。ほう、お前は大人びたことを訊く。謎の系図は大火事で焼けてしまったわ。もう忘れていい。

祖父さんの克蔵が親分の見栄をはって建てた豪邸と調度品、書画骨董は大火で灰になり、系図も焼失したことを母は淡々と語った。「大火事は怖かった。それでうちは貧しくなったけも、おかげさんで妬まれずに下の原の人たちと気さくに付き合えるようになった」

母は十二人の子を生んだのに、育ったのは上五人だけ。男二人女三人きょうだいの末の子として弱くても何とか育ち、五歳のとき初の種痘をした。ひとりで注射の列に並ぶと、おとなに抱かれた赤ちゃんばかり。男の人が「この友紀さは弱くて赤ん坊の時に種痘ができなかったのだ」と白衣の医者に説明してくれた。

父は小学校教頭から村の助役になり、四十二歳でにわか神主になり、晩年は家にいることが多かった。末っ子にカルタや双六で字を教え、四歳から太平記と四書を暗唱させた。「友紀は出来る、覚えは兄さんたちの上をゆく。おまえは女子大に行かせるぞ」と父は言った。

小学校二年の九月一日、大震災と同時に父は急死し、貧のなかで女学校に入った。ちょうど昭和恐慌だったが、母方の憲叔父の援けで卒業できた。担任の先生は女高師を熱心に勧めてくれたが、家を助けるため断念し、役場に新設された信用組合に就職した。そしてやっと代用教員になったというのに。

沈んでいる娘に、母が改まったように言った。

「高上の家には友紀の盾になってくれる人がおらん。この母者は舅の殴る蹴るに泣いたけも、寺から来た姑さんが優しい人で、女同士かばい合った。子も生まれた。おまんはよく辛抱した。もう我慢しなんな」

友紀は黙って頭を下げた。

鎮守の森の岩神様は欅と杉の大樹に囲まれて鎮座している。父が神主のとき建て替えた社だ。小さいながら堅牢な社殿の賽銭箱に友紀は十銭を入れ、二礼、二拍手、一礼した。石灯篭に「大正十二年九月一日」の日付が刻まれている。あれは恐い一日だった。

岩神様の新しい社が完成し、お祝いが三日間続き、父は岩神近くの区長の家で飲みつづけ、帰宅しないので、母は父を気づかい、九月一日の朝、娘に牛乳を届けさせた。

牛乳は貴いものだからビンを割らないよう抱きしめて区長の家に行った。「よく来た、さあ上がれ」と父は上機嫌でお祝いのご馳走を皿にとってくれた。牛乳を「うまい！」と飲み干して言った。

「今日は学校へ行かなんで此処で待っていろ。神社の祭礼に全校生徒が参列する」

父と一緒に早昼をいただき、神主の衣冠をつけた父に手をひかれ、儀式用の傘の下を岩神神社まで歩いた。新しい社殿の前には村役や他村の神主が並び、村の小学生が整列していた。晴れがましい気持ちで二年生の列に入った。

神主の父が進み出て深く礼をし、かしこみかしこみと祝詞をあげ始めた、とたんに祝詞が消え、父は前に倒れ、冠が横にころがった。みなどよめき、列がくずれた。地面が揺れ、口々に叫んだ。「地震だ、地震だ！」「地震て何？」とわたしは叫んだ。お父さんが倒れた瞬間の大揺れだから、何か恐ろしいものが地面や社殿を揺らしているのだと思った。

混乱のなかで父は運ばれていった。区長の奥さんに手を引かれてお宅に行くと、父は仰向いて目を閉じていた。「長田公！」といって意識を失ったというので、長田医師が呼ばれたが、到着した時にはすでに心音が止まっていたという。

お父さんが死んだ、地面が揺れた、どうしようと思いながら一人で家に駆け戻ると、母はすでに父の急死を知っていた。牛乳を届けたのに、と母はうなだれ、くいっと立ち上がって東に向かって手を合わせ、「子を守り給え、三人とも無事帰し給え」と唱え、箪笥から白布を出して腹に巻いた。「精神一統」と墨書きした布だった。

母はすぐに東京へ電報を打ちに走り、帰るなり畳屋に薄べりござを買いに走った。葬式で人が寄るからと薄べりをぼろ畳の上に敷き、大鍋や碗を取り出した。

東京に「チチ、キュウビョウ、スグカエレ」と電報を打ったというが、連絡なく、慌ただしく葬式を終え、「チチシス、スグカエレ」と再度電報を打ったが、誰も帰らず日が過ぎた。

上のきょうだい三人は東京の借間に同居していた。上の兄は国学院大学を卒えて東京の大神宮に勤め、下の兄は夜学で法律を学んでいた。長女は主婦役をしていた。大震災のとき三人は別な場所にいて、それぞれ避難し、母の電報は受け取れなかったと後に知る。三人が順次帰郷したのは大震災から五十日以上もたってからだった。上の兄は朝鮮人と一緒に逃げ、警防団に捕まり、突き殺される寸前に居合わせた知人に助けられたと言い、切られかけた二本の指をぶらさげていた。包帯もなく医者も居らず、逃げ回っていたという。朝鮮人はその場で殺されたと告げる声がふるえ、しばらく魂ぬけたように見えた。

母の気丈さは村の語り草であった。しかし母はあとで言った。主人の野辺送りの最中も子どもたちの無事を一心不乱で祈っていたと。母は毎朝、三人の子に陰膳を供え、生きて帰ってくれと東の方に呼びかけ続けた。

上の兄は帰宅後、心身を家で癒してから村の学務課に勤め、神主を兼務した。まもなく小学校教師と結婚し、玄が生まれた。出産祝の直後に兄は肺結核で倒れ、兄の妻は乳呑み児を初乃母に預けて遠くの小学校に転勤した。母は孫の玄を育てながら長男の看護をした、その母のやつれに下の兄が同情した。「おれが兄貴を引き取って看病するよ」

義侠心の強い下の兄は、上の兄を東京に連れて行き、医者にかけて懸命に看護したというが、自分が結核に感染してしまった。やむなく上の兄は山の生家に帰郷し、自宅で療養した。

昭和二年、小学校五年の冬はたいへんな豪雪だった。村の男女総出で屋根の雪をおろし、出口や道の雪掘りをし、一息つかぬうちにまた降りだした。屋根がつぶれるというので夜中に村中が集い、必死の雪下ろしをした。朝起きたら、大雪はうちの出入り口をふさいでいた。ほかの家は二階の窓から出入りするのだが、もと養蚕室の家は二階の窓がなく、出口がない。兄は重体だから、母と娘は土間に這いつくばって出口の雪掘りをした。

ぽかりと穴があき、光が射し込んだ。村の人たちが下から掘り進んできてくれたのだ。外へ出られた時はうれしくて母と抱き合い、新鮮な空気を胸いっぱい吸った。

村総出の雪掘りはその後もくり返され、大きな子は輪カンジキで道踏みを手伝った。学校への道は、四人の大人たちが二重にカンジキをはき、紐で持ち上げて踏みしめ、持ち上げて踏みして固めていく。

道踏みについていったら学校まで半日かかり、着いたら「大雪だから授業はない」と言われた。帰りに兄の肺病の薬をもらってくるよう言いつかっていた。兄の薬は切れていた。何としても薬をと遠い医院まで難儀をして歩き、暗くなって帰宅し、すぐ薬をのませた。けれど兄さんは快くならず、翌年七月、幼な子の玄を気づかいながら息を引きとった。

二十七歳の死は惜しまれ、沈んだ葬式だった。

下の兄は肺病が治ったということで、野党から国政代議士候補に推されたが、選挙資金が集まらず、立候補を断念して中国大陸に渡った。学校を創ると言って、肺浸潤の幼な子を生家の母にあずけて夫婦で発った。

母は病気の乳飲み子を寝ずに看護し、夜泣きの時は背負ってあやしていた。滋養にと山羊乳を手に入れて孫に飲ませ、貰い乳もしたが、容体が急変した。

友紀、先生の往診を頼んでくれ、役場の電話を借りて、と母に言われ、役場に走った。幼子は医師到着の前に息絶え、母は肩で泣いた。小さな可愛い顔に白布をかけて詫びた。

そして昭和十五年九月、次男の訃報。弔いのとき、母はがっくりと膝を折り、「こころなかばで、もごい」と言って嗚咽した。

母は次男の志と義侠心、優しさを褒め、病気の幼子を預かるのは、おまえの大志を応援するためだと言って大陸に送り出した。三十七歳働き盛りの次男の客死は母を白髪にした。その半年後には頼りの娘が他家に嫁いでしまったのだ。

友紀は玄に算盤を教えた。玄は嬉しそうだが友紀は気が重い。信用組合を思い出すから。十七の春、髪を一束に結わえ、和服に紺袴、紺サージの文化コートを着て初出勤した。あの朝、母は「貧すれば貪するにはなるまいぞ」と言い、道に出て見送ってくれた。

上司の石村の前の席で利子計算など細かい数字と格闘し、会話は禁止だった。息がつまりそうだから帰りに同僚の女性と喋って慰め合った。石村は頭脳明晰だが、短気だった。細く光った目で口を曲げ、荒い声と静かで皮肉な口調を使いわけた。

「馬鹿丁寧な字かいて」と睨んで書類をつき返したり、預金高が少しでも減るとすぐねちこち嫌味を言った。子どもが学校に入ると預金通帳をつくるよう勧誘して回ったが、その労を石村はねぎらうことを知らなかった。石村は昼休み以外のお茶を禁じた。残業に加え、日曜出勤があり、残業手当や賞与はなかった。

秋から冬の残業の帰りは提灯をつけ、家で整理する書類を背負って暗い細道を急いだ。夜の山道での夜盗や強姦はめずらしくないと聞いていたから、人とすれ違うときは深いお辞儀で顔をかくし、男が黙って通りすぎると、フーと息を吐いた。急な崖下にかかると駆け足になった。

自殺者が幽霊になって出る崖だと聞いていたから。

冬は雪袴に長靴で書類と紺袴の荷を背負い、上にマントをかぶって深雪の道を急いだ。吹雪に難儀し、遅刻を叱られて事務所の蔵で泣いたこともあった。早く辞めたいと思いながら縁故就職だから辛抱し、七年後ついに転職を決意した。石村上司に別室に呼ばれた。

「教員試験を受けるとか、それは何でかね」

「もとから教員になりたかったのです」

「ふた心ある人は嫌ですね」

「では、すぐ辞めさせていただきます」

「いま辞められたら困りますね」

「では今度の三月末に辞めます」

「そう簡単にいきますかね」と石村は皮肉な笑いを浮かべた。

あの夜から教員試験の猛勉強を始めた。残業後の大寒真夜中の猛勉で発熱し、ツララ氷しか食べられなくなり、入院すると、神谷家のおばさんが見舞いに来てくださり、「うちの久夫と一緒になってくれまいか」と言った。久夫さんは同年で宿題を一緒にした仲だった。大きな石垣の上の神谷家は、廻船で財をなし、何万本もの杉林を山小作に出していた。養蚕と繭買いでさらに財を増やし、昭和恐慌でも少しも揺るがなかった。

久夫さんは町の中学に進学すると不良に可愛がられたので、わたしと同じ法福寺の下宿に移った。わたしは久夫さんのお弁当をつくり、一緒に勉強した。夜、外で口笛がなると、飛び出そうとする久夫さんを押しとどめ、彼は無事に中学を卒業した。姉のように世話したくなる久夫さんだった。久夫さんは「おふくろを頼む」と言って出征したので、満洲の久夫さんに慰問袋とお母さんの近況を送った。

檜や杉の若木は大雪で倒れないように支え棒をつけてやり、倒れかかった樹は起こして支えねばならない。久夫さんも神谷家の林の樹も支え棒が要る。そう思ったので体調が回復してから神谷のおじさんにおばさんの申出を訊ねた。おじさんは黙っていた。

翌日、おばさんが大喜びで「ぜひ家に来てほしい」と言いに来た。同じ日におじさんから呼ばれ、神谷の家に行くと、訊ねられた。

「自分の上里家が大事か、久夫が好きか、この神谷家が大事か。どれが一番大事か」

「みんな大事です」

おじさんは気難しい顔でさらに訊ねた。「ほんとうに久夫が好きか」

「小さい時からよく知っていて、ほっておけない気持ちです」

「久夫を尻に敷く気だな。みんな好き、上里の家も好きというのは困る」

おばさんは「戦地の久夫に手紙を出す」とその夜に再度、婚約を頼みに来た。

翌朝、神棚にお水をあげ、祈ったら、三方の上の白陶の水入れがピシッと割れた。ヒビはなかったのに。寒の日でもないのに。瞬間「行くな」と自分にきつく言った。すぐ神谷家を訪ね、瞬おじさんに「わたしは久夫さんと結婚しません」と言った。胸がすっとした。

あの朝、おじさんが「友紀は頭が良すぎる。久夫を手なづけて、将来、この家の財産を実家にもっていくかしれん」と言った、そこに当人が現われ、きちっと断わったので驚いたと、おばさんは告げた。わたしはおじさんの勘ぐりに驚き、貧乏は悲しいと思った。財産や家柄を誇る所には嫁ぐまいと思った。それなのにもっと悪縁にはまってしまった。

気鬱から逃れたかった。今一番会いたい人は誰か考えてみた。広田先生だ。先生は兄たちの親友で町の校長になったとき、わたしに助教の資格試験を勧めてくれた人だ。戦争で男の教員が召集され、女の代用教員が必要な時代だった。試験の音楽科目は特殊技能だからと広田先生は古いオルガンをみずから荷車で山の家まで運んでくださった。大正自由教育の好きな先生で、くだけた人柄なのに、家には上がらず、母を励まして帰って行った。

助教の試験に合格して山奥の分校に赴任する日、村のおさな友だちの戦死の報を聞いた。若人の戦死を聞くたびいちばん仲良しだった和生さんが気になり、切なさを覚えた。

独身で生きることを考えて僻地の小学校に赴任し、広田先生に知らせた。葉書の返事が来た。

《君は明るく心が強いから大丈夫だ。苦しい時には自分の長所を褒めてやりなさい》

七章　血脈

包丁刀に気を集中し、一気に和紙に切り目を入れる。玄が真剣な目で見ている。友紀は刀を玄に渡した。玄が切る。スパッと上手に切れた。

「幣白切りの後継ぎができた」と母は喜び、貴重な和紙の残りを戸棚にしまった。

切りたての幣白を恭しく白木の箱に入れ、捧げもって出て行く母は痩せ細っている。

友紀は声をかけた。「おふだを無理して全部配り回らんでいいよ」

村の人は神棚のおふだをそんなに待ち望んでいないのだからと胸の中で言う。

長兄の死後、村の神社の祭礼は母の血縁の神官にたのみ、幣白紙も母の生家から貰い、切るのは友紀の役目だった。母は神主代理として村の各戸に御神札と幣白を配り、祝詞をあげ、お玉串や米、粟などいただく。その荷を二人のお供が担ぐ。お供は母がめんどうをみている知恵遅れの少年だった。

年の瀬の夜、お供は早くご褒美の鱈子ごはんが食べたくて、暗い山道に母を置いて駈けもどったことがあった。母は雪と闘い、一時間ほど遅れて帰宅した。お釜のご飯はお供さんが平らげてしまっていた。雪まみれで帰宅した母は、お釜をのぞいて肩を落とした。おばちゃんの分を残しおけよとお供に教え、娘が取り置いたご飯に手を合わせた。

「友紀がどんなして冬の学校に通ったか身にしみたよ。この母者は冬は家ごもりだったすけ、雪の怖さを知らなんだ」

「野原で吹雪に遭うと埋まって死んでしまうことあるよ。天気をよく読んで歩いてね。おかあさんを雪の中に置いて帰ってはいけないよ」と娘は母と少年に話してきかせた。

上の美弥ねえさんは毎年冬になると子連れで婚家から戻り、春まで逗留する。春になると、婚家に帰りたくないと母に訴える。

大家族の農家の嫁は閑期は実家に帰され、機織りや繕いものをして、雪がとけると土産の餅をさげて婚家に。というのは古くからの習慣だったが、美弥姉は実家に長居しようと仮病をつかうのだった。

美弥姉は大柄で苦労嫌いの気ままな性分だ。小柄でよく動く友紀と正反対だと言われた。そんな姉のことを考えていたら、以心伝心、当の姉が小さな子を二人連れて帰省した。

「おう、友紀ちゃ、出戻ったか」

「姉さんこそ」

田圃の畦塗りと肥料入れ、そして田植えにかかるので、子を預けにきたと姉は告げ、「わしゃ農作業は出来んの。働き大将にはなれやせん。そんでも良いってなって貰われた。だが作男たちを戦争にとられてどうにも手が足らん。わしは炊き出し係だ。畦塗り、田植えは戦争みたいだで、さあ寝だめだ」

美弥姉は幼な子を玄に託し、座布団を枕に横になり、ころりと寝入ってしまった。

この姉は尋常小学のあと母の弟憲叔父の家から裁縫学校に通った。村の美人姉妹が岡谷の製糸工場の優等工女になり、二人で年に二百円も稼ぎ、家が建ち、田畑が買えたので、美弥も製糸工女にと勧められたが、「嫌だ！」と拒み、憲叔父に引き取られたのだった。

下の茅乃姉は電話局に勤めて職場結婚した世話のやけない娘だった。

美弥姉は叔父の家から裁縫学校に通い、小学校補習科の裁縫教師になった。正教員をめざすかと思ったらすぐに同じ学校の教師に求婚され、農家の長男嫁は嫌だと断ったけれどなおも請われた。

美弥は末妹友紀に恋文を書かせ、自分は寝転がって鼻をほじっていた。八歳年下の妹は恋を知らず、筆が進まない。すると美弥姉は手紙の文をすらすら述べたて妹に書き取らせ、その文を確かめもせずに便箋に清書させ、投函させた。

人の世話になりどおしなのに言いたいことを言うから、母によく叱られていた。嫁ぎ先は地主だから三日間の盛大な披露宴があり、子がつぎつぎ四人生まれ、冬になると下の幼な子二人を連れて実家に戻り、春になると母が子らの着物や婚家の家族の野良着を縫い、婚家に送っていく。その繰り返しだった。小姑が四人もいて我慢ならんと文句を言いながら婚家の家族に扶けられ、生家の母に援けられ、自分流を通す。しょうのない人なのにこの姉といると笑いたくなるのだった。

友紀は学校帰りに木の実、沢蟹、岩魚、きのこなど食の足しになるものを採り、鶏を飼って卵を売り、学用品を買った。独立心が強く、子供でも働くのが当たり前だと思っていた。だから学校で「女のくせに」と馬鹿にされると口惜しかった。口惜しくても母にも先生にも言いつけ口をしなかった。憲叔父に「将来、友紀は頼りになる」と褒められ、月謝を半分援助されて集落で一人だけ高等女学校に進めたのだ。

憲叔父はむかしの尋常小学四年と高等小学二年をおえ、十三歳で郵便局の給仕になり、まじめに働いて働いて郵便局長になり、大都市の局長を歴任した。五人のわが子がいるのに倹約して上里の家に送金してくれたので、「これは叔父さんの努力と真心のおカネ、大事に使わんとね」と母は手を合わせ、神棚に供えた。

憲叔父は自分はつましくして弟を東京帝国大学に入れ、学資を送金したのにその期待の実弟は卒業まぎわに肺病で夭折した。ひどく悲しんだが、弟の代わりに友紀の女学校進学を応援した。姉思いの憲叔父のおかげで上里家は長の体面を保てたのだ。

あの女学校時代は昭和大恐慌のただ中だった。下宿代として一日米一升を入れたが、不況の嵐で米代は四分の一の一升十三銭に下落、一カ月分が四円足らずの安値になった。ほかの下宿人は現金で十五円入れていたから、下宿のばあちゃんは「不足分は働いて返せ」と言い、こき使った。

下宿近くの知り合いが見かねて「あれでは友紀ちゃは病気になってしまう」と母に報らせ、母は「すぐ下宿を替われ」と言ってきた。

「ばあちゃんに出ろと言われるまで居る」と応えると、母は「おまんは強いなあ」と言った。

「町の不況を知っているから出ないだよ。月四円足らずで置いてくれる下宿はないから」

早朝の庭掃除、ご飯炊き、下宿人の弁当作り、夕飯の支度、と役に立ったので、ばあちゃんは「友紀ちゃは追い出せぬ。ずっと居ってくれ」と言った。

制服が買えず、人からお古をもらい、三年のとき自分でスカートを一枚縫った。黒絹の長靴下は二足だけ、毎日そっと洗った。靴下の底に布を当て、穴は小さなうちに繕って大事にはいた。

修学旅行には行けなかった。級友が京都、奈良の話に興じているのを黙って聞いていた。いつか東京や京都へ行ける日がくると夢みながら聞いた。山歩きも泳ぎも得意なのに、妙高登山や谷浜の海水浴にも参加できなかった。

信用組合時代には村びとの手紙の代筆と投函、預貯金事務の代行奉仕はことのほか喜ばれた。農家の人は役場や郵便局に行く間がないから。お礼にあの家この家の初風呂に招かれ、夏はもろこしや西瓜でもてなされ、旬の野菜が家に届き、冬には雪おろしに来てくれた。

代用教員になり、山桜が咲くと、昼休みに生徒と裏山で花見をした。風景の写生もした。生徒が大きくなった時、よい思い出になるような授業をしよう。私はあの広田先生に育てられたのだ、そう思いながら教壇に立った。遠方の一年生の下校を途中まで送り続けた。

その勤務ぶりを高上康道は調べて求婚状を書いたと幸ねえさんは言う。康道は「幸ねえさんと大姑が先頭に立って求婚状を書くよう圧力をかけた」と言う。言い分がずれているが、直筆で書いたのは康道、その当人が「友紀は死んでもらいたい」とは。

美弥姉は鼾をかいて寝ている。「それがどうした」というような太い寝息だ。

夕食のとき母は言った。「友紀は沢蟹や田螺をよくとってきてくれたなあ」

姉はふんと笑っておかずのおかわりをした。友紀は自分がいやになった。姉は四児の母になってもまだ親に甘えるのに、わたしは。

姉の子らを見ていると他愛ないことで笑い、母親に叱られると大声で泣き、おいしいものを見ると涙の顔で笑う。子どもっていいなあ。


大雨の降る夜だった。

「おれは十三で嫁にきて、なんも知らなんだ」と母が言った。

苦労話の嫌いな母が。小声で話しだし、しだいに太い声になり、ほとばしるように語った。

《初乃の語り》

十のときに母親が死んでしまったから、長女のおれは母がわりに炊事、洗濯をしながら裁縫を習った。十三になったばかりのとき、高等科校長の父親が「嫁にいけ」と命じた。嫁入る相手は高等小学で受け持った教え子だという。

親の言いつけで顔を見たこともない人の嫁になった。婿さんは小学校の教員で、十三歳年上、おじさんのように見えた。庄屋の家の婚礼は豪儀だったが、婿どのは、婚礼の晩に「こんな渋柿みたいな娘っ子はいやだ」と言って、どこかへ行ってしまった。遊び仲間と遊廓にいったのだと後にわかった。その後も学校の宿直室に泊まったりして帰らんかった。

婿さんが帰らんくても変に思わん娘っこだった。まだ子どもだに知らん家に来て、のろまと舅に怒鳴られ、びくびくしどおしだった。慰めは婿殿の妹の香弥ちゃがいること。香弥ちゃは三つ年上で、親切だった。二人は名前を呼び合い、並んで寝たよ。小姑というより友達さね。

黒砂糖の固まりや乾燥貝柱を寝床にもちこんで、二人でくすくす笑いながら食べた。くたびれて食べかけで寝てしまったら、砂糖がとけて、敷布団が汚れた。朝になって困って敷布団を井戸端に運んで洗った。それが舅さまに見つかり、「寝小便たれ」とどやされたりもした。

大好きな香弥ちゃは半年後に嫁に行ってしまった。そのあと主人の紘蔵さんと寝るようになったけも、幼な嫁だすけ、いやで隠れて泣いた。すると居候の男衆が「半鐘泥棒がいなくなったんで、チン蛙が泣いてるわ」とからかった。香弥さんは父親に似て目立って背が高かったから、火の見やぐらの半鐘に手が届くといわれた。おれは五尺にみたぬ小柄だからチン蛙というあだ名だった。

当時の上里の家は学校のような大きな家で、舅の克蔵というは遊び人、仲間を集めて昼から博打だ。男たちは廊下に置いた二つの桶に小水をする。酒くさい小水桶を始末し、汚れどおしの廊下の拭き掃除をするのは嫁の仕事だ。遠くまで酒買いに走らされ、夜食の握り飯を博徒らに出す、そういう下働きもした。

広い養蚕室で二百枚のお蚕さまを育てるのも嫁の役目だった。朝早くから桑摘みだ。背負い篭何杯も摘んで、雨のときは、桑の葉の水を拭ってお蚕さまにやる。蚕の三令が過ぎると夜中にも桑をやるから、眠る間がない。

野良にも出る。泣く暇がなくなった。姑さんと畑で働いていると昼どきになる。時計はないから見当をつけて帰ると、舅は「昼飯を出さずに、何時だと思ってる。もう帰ってこんでいい」と怒鳴って、土間に箱膳を叩きつけるだよ。茶椀が割れて飛び散る。危ないから、そのかけらを片付けてえると、「チン蛙、オレの飯と割れた茶わんとどっちが大事だ」とわめくだよ。

おれはおろおろと食事の支度をした。姑さんは主人があたけても顔色を変えず、丁重にお給仕をする。おかずがまずいと、こんなエサ食えるかと言う。癇癪おこすと殴る。こわーい、わがままな舅さんだった。

おれは癇癪が怖いから、野良でお陽さまの高さを見て、「おかあさん、昼支度に帰りましょ」と言うと、姑は「馬鹿いわっしゃい。野良仕事はくぎりをつけるもんだよ。野菜はものが言えぬ。間違った扱いすると育つことができぬ。おやじは怒鳴れる、動ける人間は少し遅れたって死にゃせんて」と言った。

くぎりをつけて帰ると、箱膳が土間に投げ出されていることが何度もあった。舅は割れ鐘のような声で「そんねに畑にいたかったら、また出て失せろ」と女房を突き倒す。おかあさんは顔色かえずに起き上がって野良に出ていく。もう辛抱強いったら。

どうにも苦しいときは親鸞さまの「ただ念仏のみ」のお人だった。

たまに若主人の紘蔵が家に帰ると、舅は息子に「いいか、よく聞け」といばったもんだ。

「おれはカカもらってからも十六回カサかいたが、カカには病気をうつさなんだぞ」

遊廓で遊ぶのは男の甲斐性、若いときはもちろん、結婚後も十六回梅毒になった。と舅の克蔵は胸を張ったんだ。妻子に性病をうつす男がいると聞いていても、おれはウブだから、夫が女と遊んでいると思いたくなかった。舅は稚い嫁を前に、息子に「紘蔵、ダルマは病気もちが多いすけな」と、遊び方を教えた。

「紘蔵は神谷家の美しい娘に懸想して、何としても嫁にしたいと縁組をおまえの父親に頼んだのだ。おやじは校長だから自分の教え子のために神谷家に話しに行ったが、どんなに頼んでも親も本人もうんと言わんかった。紘蔵は自殺すると言った。校長のおまえの親父は責任とって、代わりに自分の娘を寄越したんだ」と舅に言われ、おれは切なくなった。

神谷家の美しい人が忘れられんから、紘蔵さんは家に戻らんのかと思うとな。

紘蔵は教員の給金を家に入れなかった。舅も「教員の給料なんてしれたものだ」と言って、息子に遊ぶカネを渡していた。この辺の女はむかしから働き者だが、金の要る時代になったから困った。舅は釣った魚には餌の金をほとんどくれんから。

冬の夜、火事になって大きな邸は全部焼けた。自慢の骨董品もみんな焼けてしまった。真冬の風のつよい夜で、何もたずに逃げた。でこぼこの雪道を逃げながら、振り向くと、黒い太柱が炎に包まれて板が燃えながら飛んでいった。近所の山口さんのうちに避難したら、おばさんがありったけの夜具をのべ、お粥を炊いてくださり、ほんに有難かったよ。

　一か月あまり厄介になったのに、山口家の人たちの嫌な顔を一度も見たことがなかった。

　舅さまは火事で懲りたと思ったら、また実家から大金を引き出した。養子の克蔵さは実家をかじって、名棟梁に総欅の大邸宅を建てさせ、銘木で贅をつくした。その邸は完成するとすぐ借金の抵当に入って、また全部焼けてしまった。その豪邸を建てた棟梁が火事見舞いに古い養蚕室をくれた。それがこの住まいだ。舅は「なにこれはほんの仮住まいさ」と言ったけどもう新築する力はなかった。この奥の間で息を引きとりなさった。

　身代をつぶしただけでなく、借金を残して死んだから、葬式のあとは大変だった。それまで神谷家から五斗俵の米七十俵が毎年届いていたのが来なくなったし、子どもが生まれたし、お父さんは給金を家に入れねえし。おれは夜中まで呉服屋の紋付や付下げの上もの仕立をして、村の娘たちに裁縫を教え、子分衆から米や野菜をもらって、やってきた。

　この辺りは大昔から草生水が湧いていたという。明治になると石油井戸がたくさん掘られて、上里家は石油井戸三本をもって年に三百円以上の石油収入があったそうだ。男の子はなくて、綺麗な一人娘がおった。その美しい娘に大金持の神谷家の末子を婿に迎えた、その婿が舅の克蔵さんだ。

　克蔵さんは若いときは絵に描いたような男前、似合いの夫婦として盛大な祝言をして、当時は珍しかった新婚旅行に善光寺へ行った。馬や駕篭を乗り継いでの新婚旅行から帰ると、克蔵さんは「うちのカカほど美しい女はどこにもいなかった」と自慢したという。

女の子が生まれた。「この娘はうちのカカより美しい、かぐや姫より神々しい」と克蔵は大よろこびしたというのに、まもなく克さの放蕩が始まった。じつは克蔵さは子供の時から我侭放題だったと。神谷家は大きな廻船問屋で海産物と米を商っていた。大金をカマスに詰めて二階への階段にしていた。銀行がなかった時代は金を家につみあげておった。そのカマスの金を克蔵さんは持ち出して遊んだ。男前のうえに金を湯水のように使って、色街で大もてだったと。

美弥という女の子が生まれてまもなく当主が死んで、養子の克蔵が庄屋を継ぐと、もとの地を出して放蕩を始めた。下の原は石油景気で料理屋が軒を並べていた。

克蔵は人からものを頼まれると嫌と言わない男で、村のために善い散財もした。村に灌漑用水を引いたりもした。水不足の百姓の嘆きを聞いて克蔵さんは工事費を出した、その引き水で農家は米が作れるようになった。せっかく良い事もしたのに、遊びをやめなんだ。

身代を売りまくってカネがなくなると、克蔵さはお里の神谷家をかじる。お里は甥の代になっていたが、食い扶持を出さねば一家で転がり込むとおどした。やむなく神谷家は毎年、五斗俵米を七十俵も荷車で克蔵のもとに運ばせた。その米俵を見て、くやしくて発狂した水呑百姓がいたという。その米をば克蔵さはすぐに売って、放蕩をつづけた。

妻がたしなめた。すると女房を押入れに閉じ込め、自分つきの女中に見張らせた。奥方に味方する使用人はみんな追い払ってしまった。妻はやつれて死んだ。

浄土真宗の寺から後妻がきた。うちのお父さんの母親、お姑さま、あの仏壇のおばあさまだ。この後妻と亡き妻とを克蔵は比較して、前のカカは綺麗で賢かった、お前は見場の悪い鈍だ、といっては殴り蹴りした。後妻も克蔵さんの癇癪と放蕩にひどく泣かされた。

後妻は男の子を生んだが、先妻の娘の美弥さんに婿をきめて、自分は家を出る決心をした。「おれ、あした、こっそり家を出てくすけ、この子をば頼むわね」と美弥さんに男の子を託した。主人に知られたら殴り殺されるから黙って出ようとしたんだね。

子は家のもの、妻は自分の子を連れて出ることは出来ねえシキタリだ、可愛いわが子と別れても家出するしかねえと言った。

その明け方、娘の美弥さんは近くの池に入水した。十九の美しい娘は、自分が死ねば父が改心し、継母が実の子と暮らせると思って自殺したと言われた。子どものときから父の放蕩をみて、悲しんでいたとも言われた。後妻は「おれが家を出ることを話したために、やさしい美弥さんをば死なせてしまった」と悔やんだ。

「美弥さんが婿をとれば、紘蔵は後継ぎになれねえ。要らん子になる。姉さんは、幼いおまんをば哀れんで自害なさったのだ」と、おかあさんは息子の紘蔵に言って、のちに「もし娘が生まれたら美弥という名をつけて、亡くなった姉さんを偲んでおくれ」とたのんだそうだ。そんでのちに、お父さんは、長女に美弥と名づけた。この美弥は死んだ姉さんに全く似てねえと言っていたが。

克蔵さんは娘の入水自殺で女の放蕩をひかえたが、家で博打をした。その火宅で育った後妻の子がうちのお父さんだよ。

美弥も友紀も心しておけ。男の血筋の逆を往け。逆とは真心で人に良くすることだ。弱いものを苦しめてはならぬ。

おれは主人に素直に仕えたども、心底疲れて、ひとりで実家に戻った。お父さんに頭を下げて、里に戻らせてくれと泣いて頼んだ。

「紘蔵は教え子のなかでも見込みがあると思って、おまえを嫁がせた。我慢づよいお前がもう無理だという。やむない、おまえを引き取る。しかし、おまえは三人の子と別れて出戻るのだぞ。可愛い子を捨てて生きていかれるか」

おれは泣いた。よく考えろと言われて一晩寝ずに考えた。「自分の腹を痛めて産んだ子をなして連れて出られないか」と父に訊いた。子は家のものだ、腹は借り物なのだと言われても、おれはかぶりを振った。「あの子らの母親はこの初乃です」

「生んだのは初乃だが、戸籍は上里の子だ」と言われても納得できなんだ。

納得いかんでもシキタリだ、と父親に説かれ、「あの子らをとられては生きていけません」と言った。「それなら辛抱して立派な母になるしかねえ」とお父さんは言った。

弟の憲作が送ってくれた。「姉さん、おれが一人前になったら、きっと援ける」と憲は言ってな、言った通り、援けてくれて先に逝っちまった。

友紀や、憲叔父さんのような人になってくれ。それが亡き叔父さんへの恩返しだぞ。憲作はこうも言っておれを慰めてくれた。「神谷家では克蔵さにかじられて手を焼いていたから、娘を克蔵さの息子にくれるわけがない。そんな話は忘れることだ。姉さん、僻んじゃならん。可愛い子がおるんだ」

父という人はたいそう人望があった。庄屋の長男だったのに、二つで生みの母に死なれて、遠くの鍛冶屋の養子に出されたそうだ。後妻が男の子を生んだので、腹違いの誠太を他家へやったのだ。今もよくある話だ。

養家で野鍛冶を習って、十歳でフイゴの達人になった。「蛇や蛙はどいとくれ、おれは鍛冶屋の誠太だど。赤ガネ、黒ガネ焼いてるど」と大声でうたうと、蝮がほんとうに隠れてしまったと。「やーい、鍛冶屋の番子、火番の番太！」と近所の子らによくからかわれたが、平気だったと。番子、番太というは非人、火の番をする非人のことだ。

じつは子どもの時から自分が養子だと感づいていた。尋常小学を卒えると、自分はどこの誰の子か知りたくなった。しかし可愛がってくれる鍛冶屋の親に聞いてはならぬ思って苦しんだ。十三歳で家を飛び出して独学で小学校教師になると、記憶や人の話をたどって生家をつきとめた。そこは大きな庄屋だった。父親はすでに亡く、後妻の子が当主になっておった。

出生を証明するために裁判しようとして思いとどまった。出自が判ったから、それでいいと。

誠太は心に区切りをつけて、黙って遠い土地に移り住んだ。そして古くからの八幡宮の宮司に見込まれて婿養子になったんだ。

おれのうちは大昔から神仕えの家だった。古い岩の神がヤハタ神になった末だ。おれのおっかさまは宇佐八幡神社の一人娘だった。養子になったお父さんは自分から分家になって教員を続け、高等小学の校長になった。そんで神官の座はおっかさまの従弟が継いだ。お父さんは欲のねえ人格者だった。そんな人でも男ゆえ、娘の気持ちはわがらんかった。無邪気な十三のわが子を放蕩酒乱の舅の家の嫁にさし出したんだからな。

おれは十二人の子を生んで、友紀の下の七人の幼な子はつぎつぎみな病弱で失くした。腹を痛めて生んだ可愛い子を小さな棺に入れては葬った。棺桶にうまく入らん子もいて、足を折り曲げて入れたこともあった。友紀の下の子らは食い扶持を減らすために逝ってくれたのだと思ってえる。死んだ子も母ももごい。

お父さんは教員をやめて村の助役になった。飾り村長をおいて、自分の教え子を役場に採用して、村内の状況をつかんで思いどおりに村政を動かした。そのうち村に国認定神官がいない、と言われ、自分が買って出た。親戚からの援助と少し残っていた持ち山を売った金で東京の皇典講究所に入って、一年間研修を受けて、この村では初めての認定神主になった。四十二だったか、貰いものが増えて暮らしは一息ついた。

するとお父さんはまた贅沢になって、猟師と契約して山鳥や雉、猪肉や熊肉を届けさせて妻に料らせて、殿様のようなお接待を命じた。茅乃は学校に酒壜を背負って行かされて、遠くの店で酒を買って帰ったもんだ。

おれは夜中まで内職の仕立物をしてえるから、朝は死んだように寝てる。お父さんは晩酌して早寝するから、朝早く目が醒める。「おやじにクドの火を焚かせて、太ぶてしくなったもんだ。朝酒の一杯もいかがでしょうかと言え」などと言ってたね。

あのおやじは子を手足のように使って、新聞もってこい、お茶だ、鰹節を削れ、ランプを磨け、煙草買いに行けなどと。

そしてむかし自分が懸想した人、神谷家のお嬢様をうちに預り申した。お姑さんが眠るように逝ったあとのことだ。佳江さんは東京のお金持ちに嫁いだけもうまくゆかず、中気になって離縁された。

歩けぬ佳江さんの看護を紘蔵はこの女房に頼んだのだ。気の毒だから、おれがおやじと一緒に引き取りに行った。この狭い家で子どもたちも一生懸命お世話申したな。

佳江さんは燕を見ると「おむかえくる、もうすぐ」と畳に指で書いておったなあ。あの不憫な姿を友紀も憶えておろう。

お父さんは死んだとき五十二、元気で岩神に向かった。関東大震災と同時に死んだのは大酒飲んだ祟りだよ。酒をひかえてくれと頼んでもやめなんだ罰だ》

日本の女の苦労と辛抱は何百年も営々と続き、私に繋がっているのだと友紀は思った。苦労と忍耐だけでいいのか。

母は「もう辛抱しなんでいい」と言いながら、自分は家のため、村のために苦労をいとわず、辛抱している。

「敬礼して出征した兵隊さんの何人もが遺骨で戻り、働き手を失くした家はほんに困っていなさる。出征兵士を見送るとき泣きたくなり、遺骨を届ける務めはまっこと辛い。万歳、万歳と喚呼の声出せる国防婦人会のような元気はおれにはねえ。頼りの息子たちに死なれた心うちは今も切ねえ。おれは弔問のとき、ご愁傷さまと言ってしまった、涙流した、そんで上から注意された」

神主代理は辛いと娘には本音を言う母だが、村長から「戦勝祈願」の伊勢神宮のお札配りと遺族訪問を頼まれると、やっぱ弔問は欠かせぬと言って出かけていく。

苦しい時は天を拝し、夜中にお山に行く。おれの山の神の夜参りは昼忙しいからだ、と言うけれど、行かずにはいられない何かに急かされるように夜闇の坂を登っていく。

父は国の神官の認定を受けたが、自由な大正の時代だった。「神主になったは、たつきためよ」と言って大酒を飲み、職務に忠実でなかったようだ。母が縁の下で苦労を背負ったから父はわがままが出来たのだ。母の人生は何だろう。

「友紀や、おまんが戻ってもいいと兄嫁《ねえ》さんは言ってなさるど」と母が笑顔で言った。美弥姉が言い返した。「兄嫁さは自分が教員をつづけるために、玄を友紀に頼もうと思っているだ。あの家この家と戦死を伝えに行く役も友紀にやらせようとしてる。友紀は女子大も師範も断念して、勤めた。家の犠牲になった友紀に、またも家の犠牲になれとは何だね」姉は妹にも怒りをぶつけた。「高上とかいう家に行って、タダでは済まさん、叩き切ると言い返せ。標準語の敬語なんぞやめれ。絶対に泣き寝入りすんな！」

八章　岐路

峠に立って遠くの景色を見ようと藁草履をはいて出た。幼い姪と甥が後を追う。友紀は子らの手を引き、細い坂道にかかると、子を前にしてひと足ずつ進む。なだらかな場所で休み、食用の野草と山菜採りを教えた。もみじ笠が葉を広げかけている。

上の子が跳ねて木の陰に隠れた。「まあだだよ」という声が遠い。林の中のかくれんぼは見つけにくいから鬼になった方は難儀する。木の洞や藪の中を探すのは匂いとカンだ。友紀は子どもの頃を思い出し、しゃがんで木藪のかすかな揺れに近付いた。

にわか雨がきた。「帰るよう、雷がくるよう」

下の子を三尺で背負い、上の子の手をひっぱって滑らぬように下る。

家の土間にとび込み、もみじ笠の束を母に見せる。母はにこりともせず、独り言のように言った。「本降りだ、山口のおばさん、傘なしで行ってしまった。東京からみえなさって、今さっき帰った。友紀ちゃんによろしくって言ってなった」

え！　友紀は息をのんだ。

「なして引きとめてくれなんだの」

「引きとめたが、乗合バスの時間がきて」

友紀は番傘を脇にかかえるなり坂を駆け下った。野兎のように駆けた。

バスの停留所に人影はなかった。がくんとしゃがみ、気がついて番傘をさした。バスは時たま遅れるとはいえ半刻余も遅れはしない。

帰宅して濡れた服を着替え、ぺたりと座った。

「和生さん、どこの戦地ね？」

母は手拭を目に当てた。友紀はつぶやいた。「うそだ！」

「和生さんは赤紙が来たとき、お母さんに言ったそうだ。友紀ちゃんと一緒になりたかったが、黙って発つと。友紀ちゃんを早く貰いたかったけも、負債が重くてと、おばさん泣きなさって」

不意に来て申しわけない、東京には墓所がない、南方で戦死の長男和生の御魂を墓所に納めにきた。おじさんは工場が休めず、おばさん一人でそっと弔ったと。

聞き終えぬうちに友紀の涙は嗚咽になった。

小さい時から和ちゃんとは兄妹のようで、山口のおばさんが大好きだった。書の上手なおじさんを尊敬していた。和生さんは中等学校を卒えると新潟市の会社に勤め、正月休みに帰省したとき「友紀ちゃんの将来の希望は？」と訊いた。「よく考えて手紙書くね」と応え、教員になりたい思いを記した。手紙を出さないうちに山口家は負債にまき込まれて消息を絶った。

友紀はじんじん鳴る胸をおさえて言った。

「わたし、山口さんのうちへ行く」

「東京には行くな！」母は遮るように両手を広げた。「玄の治療で東京に仮住まいしたとき辛かった、あの東京に大震災がきて、今度は戦争だ、東京は国都だからでかく爆撃されるぞ。大事な娘を空襲で死なせてなるものか。和生さんはもう帰ってこん人だ」

母は言いつのる。「関東大震災のとき二人の子は東京で行方知れずだった、あの時から東京は鬼門だ」

「そんなら山口さんの人たちを村に呼べばいい」

「村に戻っておいでと勧めたよ。おばさんは黙って首をかしげてすぐ帰りなさった」


友紀は眠れず、床の中で合掌した。和生さんの軍服姿はどうしても思い浮かばず、小学校に通った雪の日を思い出す。

冬の小学校は遠かった。長い綿入れ着物を揚げして着せられていた。シャツやモモシキ、足袋はなく、素足にわらじを踵掛けにして藁長沓をはいた。着物の裾が凍って脚がこわばり、学校に着くと手がかじかんでわらじの紐が解けなかった。和生さんは洋服にゴム長靴で足が速い。二年上級だから登校のときは一年生をまもり、凍ったわらじ紐を解いてくれたこともあった。

二部式の教室には、教壇の横に火鉢が一つ、そのまわりは上級の男子が占領し、女子は火鉢に近寄れない。冷たい板の間に裸足だから、机に座ると身体が震え、そのうち着物の氷が解け、水がしたたり、床に流れた水が凍る。火鉢の横で和生さんはチラッ、チラッとこちらを見た。

小学校二年の冬、大吹雪に遭った。二部式校だから、一、二年生は授業が午前中だけ、ひとりでわらじの紐を結ぼうとしたが凍っていて結べなかった。藁の氷がとけてから冷たい裸足に縛りつけた。しばらく歩いたら吹雪になり、横殴りの刺すような雪になった。新雪に足が埋まり、足を引き揚げると藁沓から抜けてしまう。手足は痛さをとおりこして感じなくなった。人影はなく、道が消えた。じっとしていたら死んでしまうと思い、藁沓を手にはめ、顔をふせてケモノのように四つ這いで進んだ。ズボッ、ズボッ、ズボッと這い進んだ。

「ユキちゃ、大丈夫か」と耳もとで声がした。ああ和生さんだと思うと、動けなくなった。午後下校の上級生が追いつくほど長いこと吹雪と闘っていたのだ。

和生さんに手を引かれ、谷にくだり、坂を登ると家だった。和生さんはくるりと背をむけて自分の家の方に去っていった。

母さんは「おお、帰ったか」と言ったが、仕立物の手を休めない。足と膝が凍傷で痛んだ。母に凍傷を見せると、「もごい霜焼けだ、これは急に温めると春になって腐る。すぐぬるうい湯で治せ」と言った。入湯のはじめは痛くて泣いた。

ゴム長靴を買ってと母さんに言えなかった。洋服に長靴の子らは橇で軽やかに遊んでいるから羨ましくてならぬが、家計の厳しさがわかっていた。

五年生の春休み、雪解けの坂道を和生さんと歩いていると、ゴー、ダダッと鳴った。雪どけだ。雪氷の塊を抱き込んだ流れが急坂を下ってゆく音だ。

気がついたら二人は手をつないでいた。春がくるね。うん。顔を赤らめて離れた。

和生さんは中等学校に進み、町に下宿した。それからは一緒に遊ぶ機会がなく、春休みに道で偶然出会ったのだった。翌春も雪の流れる音を聞くと和生さんを思い出した。

あの頃の気持ちで和生さんに会いたかった。母に背いても東京の山口さんの家を探したい。

懐かしさは痛みになり、板戸を叩く雨音を聞きながら一心不乱に祈った。

朝の光がまぶしかった。雨はすっかりあがっていた。朝露を踏んで山辺の山口家の墓所に向かった。自然石の石碑の間の土が盛り上がり、新しい細い白木が立っていた。「山口和生之命」の墨字が雨で消えずにくっきりと。平たい石の上に供えられた米が散っている。

持参した塩と米と水を供えて手を合わせる。「何で東京から会いにきてくれなんだの」

母は岩神様境内での出征兵士の壮行式に出た。年取った村長の「お国のために勇ましく戦うよう」との激励挨拶のあと、母は頼まれた武運の千人針の布を渡すという。死なずに生きて帰れよと心の中で言いつつ口を結んで見送るのだと母は疲れた顔で言う。

国防婦人会の白エプロンの人たちが日の丸の手旗を振りながら村道に向かう、その後につき、征く若者たちに深く頭をさげる。残された家族にも頭をさげ、帰宅すると玄に本心を言う。

「玄には赤紙が来んが恥じちゃならぬぞ。ババは助かる。バアちゃん孝行だと思ってくれ」

玄は俯き、拳を固めてラジオの戦況を聞く。玄は新聞の大きな戦勝記事やラジオの大本営発表に感化され、神国日本の必勝を信じていると言う。「五尺の魂ひっさげて、国の大儀を」と軍歌を口ずさむこともある。

友紀はひとりの時間は和生を想う。兄妹の気持ちだったが、結ばれても良かったのだ。何歳になっても待つべきだった。和生さんの命を女の一念で祈らなかったわたしは道を間違えた、その天罰が婚家での苦しみではないか。

じっとしていられず狭い段畑の手入れをする。高上の家をとび出して二か月近くなる。あの丹精込めた馬鈴薯は誰が掘るのだろう。下宿の人たちはどうしているか。

美弥姉の婚家の田植が終わり、子らが戻る日がきた。母は山蕗の煮付けを上の子に背負わせ、自分は仕立て直しの着物と半天の大風呂敷を背負い、下の子の手を引いて出た。大丈夫、今日中に戻るよ、と玄に言って。

この日の午後、舅名の電報が届いた。〈スグモドラレヨ　タノム〉

追いかけるように幸ねえさんからの速達郵便がきた。〈康道さんは友紀さんに戻ってもらいたいと、頭をさげてとりなしを私に頼みました。一人で三度も来宅し、頭を垂れて頼みました。どうか戻って、ようくお話なさって下さい。

正代さんは小さな二人のお子のある方と再婚して満洲へ行きなさったそうです〉

幸ねえさんの熱心な強い勧めに従った結果、わたしは苦境にはまったのです。ねえさんはどちらの味方ですか。

どちらにも良くあろうとする善意が、偽善になる恐さを友紀は感じたが、康道との話し合いは避けられないと思う。高上の家に嫁入り道具は置いたままになっている。

暮れてから母は息せいて帰宅した。背中の荷をずどんと板の間におろし、「上等の白米だ」

友紀は母に電報と速達を読んできかせ、話し合いに帰ると言った。母は笑顔を消した。

二日後、友紀は町に向かった。玄と別れるときはいつも一期一会の思いになる。

木炭バスは坂をくだり、平地に近づいた。田圃のやわらかな緑が広がり、小さな稲がさわさわと揺れている。白つめ草の原っぱが見える。和生さんは最後にどんな風景を見たのだろう。


高上の玄関の重い引き戸を開ける。と、大姑がころがるように出てきて、「さあさ、上がらんせ」と先に立ち、機嫌をとるように「どっかの温泉で湯治してたんかね」と言った。口のまわりの小皺をひくひくさせて上目づかいの小声で言う。

「友紀ちゃ帰ってくれておらほんに助かったでや。まあ聞いてくれ。康道のヤツはおれをネコイラズで殺す気だ。おれのご膳に毒入れようと企んどる」

友紀は応えない。

「ふんとだど。康道は正代ば気に入ってえたんだ。おれが生木ば裂くみてえに別れさしたって、おれを怨んどる。そういうことをセツも言う。セツも怪しい。あの二人はぐるになって、おれば亡きもんにしようってんだ。信用できるは友紀ちゃだけだ」

友紀は「＊＊が死んでくれたらと願う」という康道の日記を思い出した。

キミは心底怯えたように言う。「おまんに電報打たしたはおれだ。たのむ、この年寄りを助けてくれ。コーちゃを厳重に見張ってくれ」

大姑と若姑は嫁いじめでは結託しているのに、互いに信じ合っていないようだ。友紀には二人を撹乱する悪知恵がないから、黙ってキミの目をみつめた。キミは声を強め、

「ネコイラズに気いつけろ、ようく見張ってくれ」

「見張る、ということはいつもあの人のそばに付いていろということですか」

キミは詰まり、「目を離すなってことだ」

「では、あの人が居るときは、わたしは外の仕事はできませんね」

キミは睨み、大声で「セツ、ちょっと降りて来い」

セツが現れ、血色の悪い顔でぼそっと言った。

「下宿は二人抜けたよ。もう下宿をやめようかって話してただわね」

「康道さんは賛成しなさったですか」

「康道さん？　にいさんのこと、その言いかたは何だね」

「康道さんはわたしの兄ですか」

キミは膝を立て、「カラスの頭は白いと言っても、おまんはけっして黒いと言い返さんかった。ふんだすけ、おれが取りなして電報打たせたってのに」

「わたしは白いカラスを本当に見たのです。羽根は真っ白で眼は赤く、アーアーという鳴き声はカラスでした」

「その鳴き声、本物のカラスより本物だ。トンビとウグイスは？」

「ピーひゅるる、春ウグイスはケキョ、ケキョ、夏になるとキュッ、キュッ」

「本もの以上だ」とキミは手を打った。がすぐに、

「黒を白と言っても嫁は、ごめんなさいと言え。すみませんでは済まんぞ」

「わたしは奴隷を辞めさせて頂きます」

セツはため息をつき、「にいさんには男のつき合いがある。自分の給金は自分のものという約束で養子になっただすけ、下宿はやらんけば。下宿人はおまんを頼りにしてる」

奥の間で舅が呼んでいる。「友紀ちゃや、帰ってくんなしたか」

顕祥舅は寝たまま手を合わせた。「うちは友紀ちゃ居らねばどうもならん、たのむ」

涙を流し、起きようとして倒れた。

康道が帰宅し、黙って頭をさげた。布団を自分で下に敷き、黙って寝た。寝息が大きい。熟睡しているようだ。人を殺すように見えない、けれど人に痛手を負わせたと思っていないような寝顔だ。

夜が明けるとまた舅に呼ばれた。腹が空いたと手を合わせて哀訴された。

友紀も空腹がつらかった。雑穀飯と古馬鈴薯と玉ねぎの味噌汁を炊いた。下宿人の安堵の顔や笑顔にほろっとし、洗濯物の山を川に運んで洗い、絞って干す。

畑には雑草が繁茂していたが、馬鈴薯は大きく育っていた。周辺には赤紫蘇が生えている。去年のこぼれ種が自生したのだ。友紀は他家に頭をさげて茄子の株を分けてもらった。

今からでも人参の種を播いて新聞紙をかければ追いつくと、種と新聞紙を分けてくれるおばさんがいた。古新聞が貴重な戦時だから有り難い。留守したわけは聞かず、「食べ物を育てる者は強いぞ」と励ましてくれた。

夕餉の支度にとんで帰るとキミが唱えている。「なんまいだ、なんまいだのコンチクショウ、ああチキショウメ、南無阿弥陀仏に法蓮華経」

キミの悪態念仏は落ち着かぬときの呪文のようだが、変に力がこもっている。

毒の疑念をまだ口にしながら食は進む。

下宿の空きが一人埋まった。康道は帰りが遅く、話す間がない。駆け足で日が過ぎる。

霧雨の日だった。雨になると太陽嫌いのセツが動き出す。

「死ぬ、と脅した奴に死んだものなし」

セツは縁側で発句のように言った。横を向いて封書をさし出し、「これ墨字で書くもんだよ」と言った。生家で記したペン字の遺書だった。箪司の底から見つけ出したのだ。

「また嫌なことをしなる。なんて非道な」

「やだけりゃ出てっておくれ」

キミが怒鳴った。「セツ、血迷うじゃねえ。おまんが何といおうと、おれは友紀ちゃは出さねえど。正代は何とこいた、正代の親は何とこいた？離縁のときの侮り忘れるじゃねえ」

抑えつけるようなキミの声にセツは障子を後ろ手に閉めて去った。

「セツの奴はすぐ逃げてく。あいつは家の事も人の事も考えちゃえいねえ」

「お盆が済んだら友紀を出してもらいたい」とセツは大姑に訴え続けた。大姑は「友紀ちゃの働きでメシ食ってるくせに甘ったれるな」と怒鳴り、「友紀ちゃ、居てくれな」と別人のようなやさしい声で念を押す。

出るな、出ろ、の板挟みは厄介だった。友紀は挟み撃ちに負けまいと「話し合いましょう」と厳しい声で言った。すると二人は声を揃えて「生意気！」と言った。

お盆が近づいた。十六日の送り火のあとの会席の準備に追われ、キミとセツのどちらにも頷いたら、「嘘つき、コウモリ、そんじゃ気持ちわがらんわね」とセツが言った。

「なに、友紀ちゃはみんなわかっているのさね、もう山へは戻らんさね」とキミが答える。

キミは言ったことをくるっくるっと変えるようになった。言ったことを忘れてしまう時と、覚えていてわざととぼける時があり厄介だ。けれどキミは「傾城、女郎」と罵らなくなり、ときどき媚びた目をして頼る気配が強まってきた。

近所が集う席の調理は二人の主婦が手伝いに来たが、段取りとお給仕は友紀が任された。男の召集つづきで老人と女が多く、集まりは行儀よく終わった。

やれやれと思ったその翌日、町会長の老人が来てセツを呼び出して言った。

「防空演習にきちんと出て貰いてえ。演習はおかあさんの役目だよ」

嫁さんは農作業で忙しいゆえ、おかあさんが竹やり訓練とバケツリレーの演習に出るべし。公会所の防水桶にボウフラがわいたから水換えもたのむとお達しを述べた。

「とても無理です」とセツは哀しげに訴えたが、役員は声を強めて総力戦の銃後の守りを説いて帰った。「さされた者が出るだ」とキミが突き放すとセツはかぶりを振って泣いた。

演習日の朝、セツは薄い胸をおさえて「しこりが」と訴えた。友紀は検査をすすめた。医師に乳癌と診断され、すぐに右乳切除手術を受けた。嫁が付き添う。手術の傷は脇まで達し、セツは痛みを訴える。「痛い、助けて」と昼夜うめいた。この医院は入院中の食事を自分で賄うから、友紀は貴重な白米で粥をつくり、生卵をつけた。セツは素直に身をゆだねて「すまんね、ありがとね」と言った。

抜糸がすむと、セツは「わしの傷は傷痍軍人の負傷より深いでね。防空演習は勘弁してもらえるね」

「その傷では無理ですね」

「そうか、助かった」セツは手を合わせた。

どんな人でも誠心を尽くせば変わると友紀は思った。医院の廊下の長椅子で茅乃姉に手紙をしたためた。

〈まごころで看護したら、おかあさんの声やお顔が優しくなりました。これを機に仲良くなれると思います〉と急ぎ記して投函した。姉から「よく看護した」と誉めた返信がきた。

セツが退院し、半月たったときだった。キミが茅乃姉からの返信をそっくり口真似した。

「おまんはセツの病気を喜んでけつかる。我れが看護しましたと自慢しくさって」

友紀は頭をゲンノウで殴られた気がした。セツは退院後半月でまたしても嫁に来た手紙を探し出して読み、キミに伝えたのだ。

病人に尽くして優位に立とうなど思いもしなかったことだ。友紀はあきれてもう口をきくまいと思う。合羽を着て畑に行き、二十日大根の残りを抜いて小川で洗って食べた。しゃきしゃきと食べた。公会所の方から「万歳、バンザイ！」と歓呼の声が聞こえる。今日も出征兵士が送りだされていく。


中秋の台風のあと、近所に火事があった。若夫婦が焼け死に、赤ん坊だけ救出された。母親は赤ちゃんを懐に抱いて伏せて死んでいたという。土には酸素があるから赤児は息ができたのではないか。奇跡的に命拾いした女児を育てたいと友紀は思った。

「あの子を養女にもらいたいです。きっと良い子に育ててみせます」

キミは「おら赤ん坊は嫌だ、貰い子なんて懲り懲りだ」と言って康道を睨み、話を変えた。

「友紀、山の家から近火見舞が届かん。火事見舞いを知らぬはケダモノと同じだ」

「人の道を知らねかね」とセツも言い、あの家はすぐ見舞いに来た、あの人は遠くから来たと列挙したから、友紀は思わず応えた。

「今度うちが焼けたら実家に報せます」

「何？　今度うちが火事になるって！」セツは恐怖の目でキーッと叫んだ。

毎晩疲れきって寝てしまい、康道と口をきくゆとりはない。愚痴や陰口を言わずに立ち働く妻が康道は苦手らしい。毎日のように酒を飲んで帰る。

戦況が厳しくなり、妻子もちの壮年も召集される中で康道には赤紙が来ない。十八のとき軽い肋膜炎になったことを肺結核の既往症と大げさに告げ、セツがエライ人に頼んだのか。康道はもっぱら出征壮行会の幹事役である。在郷軍人会の寄り合いも多いらしい。

昭和十五年夏から始まった配給切符制は年々厳しくなり、昭和十八年秋には近くの酒店と居酒屋が閉じた。康道はどぶろくを手に入れ、家で漬物を肴に飲む。

金属という金属をお国に献納したので、木桶バケツに貝しゃもじ、物は全て不足だが、国民は些かの文句も言えぬ時勢だ。下宿人はみな食べざかりだ。農家の子が内緒で米を運んでくれたが、十一人の台所は賄えず、かぼちゃとさつま芋の代用食が増えた。うまい魚食いてえといまだにキミが言う、そのたび康道は険しい目をする。

昭和十九年には下宿人と友紀の提案で鶏十羽を飼い、卵をご馳走や病気見舞にした。下宿の女学生、中学生は小柄で育ち盛りだ。学校の勤労奉仕で疲れる子らに卵焼きと煮豆をつける。

秋がきた、裏の栗の大木二十本から実が落ち始めた。食糧不足で早朝の栗盗人が増えたので、友紀は午前三時に起き、提灯の明かりで実を拾う。眠くても拾い出すと夢中になり、山の子に戻ったようにビクに入れ、背負い篭に移し、明け方に縁側に広げる。イガから実を出し、茹でる作業はキミが手伝った。東京の次男たちに送るからと栗の袋つめもした。

眠りを忘れた栗拾いが終わり、友紀は死んだように眠った。

「大変だ、もう六時だ、起きろ」

キミの大声で友紀は眠い目をこすり、目覚時計を見た。

「まだ五時前です」

キミの大声で康道も離れの下宿人も起きてきた。キミは大げさな身振りで報告した。

「おら嫁ば起こして恥かいた。この嫁ごは居ずまい正して、今後間違えてはいけませんとおれに説教たれたでや。自分が正しいからっておれをボケ扱いした」

康道が厳しい声で言った。「友紀は説教などしなかった。でたらめ言うんじゃない」

「てめえ、オヤジ面してカカアをかばってけつかる、ついに一つ穴のムジナになったたか」

「やかましい」

台所をのぞいた下宿の中学生が不快顔で去った。セツは不機嫌な目で二階に上がった。キミは歯の隙間からシッ!息を吐いた。

「やい友紀、目覚時計はおれが貸したでねか。返せ、東京の次男に送ってやる」

時計を失っても友紀は困らなかった。時間になると目が醒めた。

粉雪舞う寒い朝、友紀がかじかむ手に息を吹きかけ、掃除にかかるとキミが追ってきた。

「おまんはカーテンの引き方も丁度にやらん」

朝食のとき、キミはまた尾鰭をつけた。「カーテンにハタキかけて、埃つけて汚してた」とキミは言う。「きちんとした家ではカーテンは絞って飾りでとめていなさるど」

「そうか、うちは飾りどめはついていないな」と康道が言った。とたんにキミは「なんだ、カカア殴ればいいのに、てめえも在郷っぱの百姓の子だでカカアとぐるになって。下々者《げげもん》らはムシロ下げた家でたくさんだ」

オヤジめがカカアを庇うと繰り返しキミは言うようになった。嫁に「ネコイラズ毒殺の話」をしても聞き流され、康道との確執の勝負がつかぬらしい。セツは「ご農家の子息とヤマガはぐるにはなれんわね」と言う。友紀はもうとりあう気もない。

年の瀬に不意に美弥姉がやってきた。背負ってきた物は白米、もち米、小豆に麦粉だった。キミは目を見張り、「大地主は違うねえ」と言った。

「供出が厳しくなって、働き大将を戦争にとられて、うちも困っているがこの位の物は持ち出せる」

「たのむよ、また来ておくれよ」キミは愛想よく頼む。

美弥姉を厠に案内するとき、友紀は小声で言った。「おかあさんに手紙出す間がなくている。姉さん、孝行たのむね」

「わかった。どっしりしろ」

美弥姉はお茶一杯で帰った。玄関を出るとき、「あ、忘れてた」と卵を四つ妹に手渡した。

「出掛けに鶏小屋見たら、生みたてがあった。これは友紀に。栄養つけて負けんなよ」

キミは美弥姉を門口まで見送り、戻るなり言った。「あのアンネさ肥えてるなあ。みんな瘠せてる時勢に白米や卵で贅沢こいて。その卵は友紀のだってよ。それでクリームつくって顔に塗れ。その手のアカギレもどうにかしろ。おしめも洗わんうちにえれえアカギレだとアンネさが言った」

キミはセツに「リスリン買ってつけさせろ」と命じた。セツは大姑の引き出しから金を出せるが、友紀は引き出しには触るな、が決まりだった。

リスリンは買ってもらえず、大晦日になった。年取魚の鰤はなく、砂糖もなく、鮒のサッカリン甘露煮で間に合わせ、美弥姉の土産の白米を炊いた。「鰤のねえ年取りとはなさけねえ」とキミは嘆き、首を横に振りながら銀シャリを三杯平らげた。

九章　異人共棲

軒のツララから水滴が落ちる。ツララの先端を折って食べたい。目醒めると寝汗で寝巻が濡れていた。咽が渇き、胸の奥から咳が出る。肺炎になりたくないと思う。

友紀はよろけ立って水を飲みに台所へ行った。かまどの前の大姑が嗄れ声で言った。

「弱い嫁は六十年の凶作だ。おまんはどくだみ煎じる土瓶をもって嫁に来た、ってことは、もとは弱かったにちげえねえ」

友紀はかめの底の水を湯のみに汲んで一息に飲んだ。井戸水を汲んでかめを満たさねばと思うが、だるくて動けない。

「石室に竹輪と長芋があります。それをおかずに」

それだけ言って友紀は床に戻って伏した。以前も「どくだみを土瓶で煎じるは何のためだ？」と大姑が詰問し、自前の漢方を許さなかった。この家では寝ついたら看てもらえず、死んだら「丈夫な嫁でなかった」でおしまいだ。そう思うと震えがきた。

厠は汚れ、洗濯ものが山積みになっていたが、もう知らぬ。

セツが土瓶の水と湯飲みを枕もとに置き、涙声で言った。

「わしの実家は廃業で女衆に暇を出したと。店の女たちは戦地や工場に動員されたそうだ。もうおしまいだ。この家はおまんが寝込むし。三年して子無きは去るとか。わしは十年も子無しで辛抱して、やっとできた可愛い子をば失くした」

友紀はそれ以上聞かず、目を閉じていた。

医者にかかれず、梅干と干し菜の味噌汁だけで寝ていた。まる七日で熱が下がったので夜中に台所で冷飯を食べた。

翌晩、家出のための長靴ともんぺ、肌着の替えを風呂敷に包んで背負い、角巻きをかぶって幸ねえさんの勝手口をくぐった。

「ねえさん、救けてください。わたし、あの家にはいられません」

「そんな咳をして無理しちゃだめよ」

「これ家出の荷物です。あずかってください。足腰しっかりしたら出ます」

「苦しいわけを康道さんに話して、それから考えなさい」

「ねえさんは甘い人ですね」

友紀は咳きこみ、家出の荷物を置いたまま外に出た。植込のかげの角巻きが路地に消えた。セツにちがいない。いつかもセツは裏で立ち聞きしているところを幸ねえさんの息子につかまり、振りきって逃げた。あのときも幸ねえさんは康道を懸命に弁護した。康道に味方すると知りながらまたも駆け込んだ身の弱りが情けない。

足は銭湯への道を進んでいた。康道は亀の湯にいるはずだ。彼に事実を告げて別れよう。燃料不足で家風呂を湧かす回数が減ったので康道は下宿人の行く銭湯に通う。長湯の主を銭湯の前で待った。

亀の湯の高い軒から水滴が落ち、道の雪がゆるんでいるのに寒い。

康道が湯気をたてて出てきた。

「お話があります」

食堂や休憩所はない。康道は雪壁にそって進み、稲荷神社の境内に入った。社の屋根から雪除けの編み萱が垂れ下がっている、その下に入って康道は黙っている。

友紀は「わたし」と言って咳き込んだ。

「もう辛抱できません。あなたは高熱で苦しんでいる妻に、加減はどうだの一言もなく、大ばあちゃんは、貧乏神だの、六十年の凶作だの。おかあさんは三年して子無きは去る、おまんは出されても文句はいえぬと」

「ふむ」

「あなたは薄情です。心がない。そんな人とは暮らせません。出ていきます」

「おふくろさんが戻れといってきなったのか」

「いいえ、自分で決めました」

「おれは初めから、おまえを愛さないと決めていた。ババアが押しつけた女は嫌だった」

「そんなら貰わなけりゃよかった」友紀は声をふりしぼった。腹の底が煮えたぎる。

「自筆の立派な結婚申し込みの手紙をよこしといて、卑怯者です」

「だけも、気持ちが変わってきた。いじめられても、打たれても出ていかんお前を見て、これは並の者でない、手放してはいけない、と思い始めた。しかし、おまえがもうどうしても辛抱できんなら、おれも家を出て自分の道を行く」

わたしが命がけでとび出し、離婚してもこの人は困らない、と友紀は読みとった。彼には実家があり、教職があり、若さがある。友紀は沈黙した。

康道はうーんと言いよどみ、「おまえはヤソか」と訊き、「ヤソは右の頬を叩かれたら左の頬を出すという」と低い声で言った。

「わたしはヤオヨロズです」

沈黙した康道の表情は見えなかった。

友紀は編み萱から出て夜空を仰いだ。瞬間、星の光がすっと体に入ったように感じた。道に出ると満天の星だ。人間はちっぽけだと思う。いつものように速足になり、サクサクとざらめ雪を踏んで進んだ。角で振り向くと康道の黒い影が小さく見えた。二度は振り向かず懸命に進み、高上の門に入るといっぺんに咳きこみ、喘いだ。生家までの五里余の登り雪道で行き倒れたら、あまりに惨めだ。養生せねばと思う。

三日後の寒い日、舅の弟という画家がふいに東京からやってきた。この顕裕叔父の同居が友紀を力づけた。

顕祐叔父は兄に似て大柄、中高面長な顔で目が大きいが、笑うと目もとに愛嬌皺がよる。友紀は顕祐さんの笑顔にふれ、ほっとした。偉ぶったところがなく初対面の友紀に言った。

「おれ、気の病になってしまって、頭の調子がよくなくてね。しばらく世話になるが、たのむね」

療養のための帰省だというが、よく笑うので家の中が賑やかになった。キミはこの次男が可愛くてならぬ様子だ。

顕裕叔父は雪どけの野山へ鳥を見に行き、自分で焚物を運んで昼風呂をわかす。ぬる湯にゆっくり入りながら何か西洋風のメロディーをうたい、風呂から出るとすぐ仮眠する。

雪どけ川での釣りは収穫がないのに釣竿をかついで出ていき、陽炎がゆらめき始めた畑に来て土の匂いをかぐ。野良仕事の手伝いはしないが、「ご苦労さんだねえ」とねぎらう。気の病にしては明朗で高上家の人とは違う物差しで生きる異人さんだと友紀は思った。

顕裕の滞在が当たり前になってくると、キミはまた威張りだした。

兄の顕祥が「顕裕、寝てばかりだと、おれみてえに足腰立たなくなるぞ」と細い脚を示した。背後からキミが言い返した。「顕裕は好きで寝てるわけでねえ。病気だすけ寝てるだ」

「顕裕は頭だけが疲れているでねか」と長男は言った。

「寝たきり者のくせに文句いうな。顕裕は道楽で寝てるわけじゃねえ」

「品のないデッカイ声出さんでくれ。丸聞こえだわ」と次男がたしなめた。

「実の母親を馬鹿にする気か」

長男は手で弟を制した。顕裕叔父は起き上がり、「風呂の火、焚こうかね」と言った。

風呂の焚き口にキミは追って出て、友紀を呼びつけた。

「なんだ友紀ちゃ、風邪熱で寝たからって、叔父貴を釜焚きに使いやがって」

顕裕が「おれ、早く風呂に入りたくて自分で釜たくんだわね」と言った。

「いや、この嫁が叔父貴に頼んだにちげえねえ。叔父上だと三分三厘も思っちゃいねえ」

「嫌なこと言うなよ。品のいい言葉使いなよ」と顕裕は母をたしなめた。

キミは「顕裕が言うことをきかん、馬鹿にしたで出てく」と長男に言い、出ていった。

夜遅く寺町の古刹に逗留すると寺男の老人が伝えにきた。顕祥が半身起こして応対した。

「年寄バアちゃんがうちにおいでて訴えなさった。嫁が東京の叔父貴を風呂の釜焚きや三助にしておる、叔父貴をあやつって親をいじめさせる。不届きだと」

「恥ずかしいこんだが作り話だ。年寄バアちゃんには誰も逆らえないできたが、虚言や妄想みたいな話に手を焼いている。弟は昼風呂に入りたくて自分から釜を焚いただわね。うちの嫁は叔父に背中を流させるような事は一度たりともしていねえ」

友紀はお茶を出そうとして襖の外で「三助」と聞いて驚いた。

顕裕は兄から話を聞き、「あんないい嫁さん、めったにおらんに」と弁護した。「わかっておるが、口はさむとおふくろは荒らびる。おまえが品が悪いと言ったことが一番こたえてとび出したんだ」

この一件で顕裕は急ぎ東京から妻を呼んだ。年配の丸顔の人と西洋人のような若い女性が大きな荷物を持って来宅した。丸顔さんが叔父の年上女房、若い人は誰かわからなかった。何故見知らぬ女を連れてきたかキミが詰問した。叔父夫婦は「印刷仕事の片腕」と紹介した。荷を運ぶのを手伝ってもらった。荷は顕裕の大切な油絵だと英代が説明した。

赤毛に茶色の眼、高い鼻、腰高長身、ロシア人か欧州人に見える異人さんは、ほとんど口をきかず、英代おばさんが応える。

「横浜生まれのれっきとした日本人ですよ。名前は井原ユミさん」

横浜なら合いの子かもとセツは陰で言った。ユミさんは無口だが、物腰は堂々としている。友紀は西洋人をじかに見るのは初めてだった。

英代は三人分の生活費を台所の嫁にじかに手渡した。その自由な振る舞いに友紀はいたく感心した。これが新式の家計運営なのだと思う。

キミは八日間家出していたことには触れず、英代が渡した金を取り上げて懐に入れ、「戦時にはカネでは何にも手に入らん」と言った。

叔父の油絵は売れず、英代おばがポスターなどの印刷屋を営んできた。職人と事務員を使って営業してきた職業婦人らしく英代は言葉や身ごなしがきびきびしており、腰が低い。セツを立て家事を手伝ってくれるので、友紀は楽になった。叔父さん夫妻が客間、ユミさんは茶の間に寝て釜戸の火の焚きつけと井戸の水汲みを手伝い、じれったいほど丁寧に掃除をする。

ユミさんに郵便局へのお使いを頼んだら、泣き顔で帰ってきた。帰りにまわり道をしたら、馬が徴用で連れられていくのを見たという。

「農家のおかあさんが馬の背を撫でて涙ぐむと、馬は悲しそうにうなだれて、軍服の男が手綱を曳くと、行きたくないと足を踏ん張ったんです。それを強引に引っ張ってトラックに乗せた。可愛い馬まで戦争、わたし悲しかった。戦争終わっても馬は復員できませんね。戦死した馬どこで死んだかわかりません」

友紀も涙を浮かべた。和生の戦死を思って泣いた。馬を人間と同じに見て泣くユミさんの気持ちがよくわかった。

夜は古毛糸の編み直しを叔父夫妻が手伝ってくれた。叔父が両腕に毛糸のカナをかけ、英代おばさんがぐるぐる玉にする。夫婦で調子よくやっている。キミはそれを見て、「こら！」と爆弾を落とした。ユミさんは頭を手でおおって部屋からとび出した。

「ユキ、叔父貴をまたも使い小僧にしやがって。これは高上家のご次男だ」

「おれ、こういう手仕事が好きなんだ」と顕裕はカナの両腕をさし出した。

「大の男がなんてざまだ」

「手仕事は気の病にいいでね」顕裕は言って、その後も手伝いたがった。

友紀は月のものがなくなり、吐き気がつづくので、産婆さんに駆け込んだ。

「おめでたですね。四か月です」

帰りに友紀は神社に寄った。もう雪除けの編み萱はなく、欅の大木の若葉が美しかった。

いつできた子だろう？　疲れて悲しい時の子であっても、天からの授かりものだと思う。腹部をそっと撫でた。

帰宅し、縁側にいた顕裕夫妻にそっと妊娠を告げた。二人はあっさりと「よかったね」と言った。顕裕叔父は子なし嫁の味方をしてくれていた、その嫁が妊娠したのだが、態度は変わらなかった。

茶の間で友紀はキミに告げた。

「四月だそうです」

「何？　いつそんな？　仕事出来もしねえで子を生むなんて承知しねえど。おら知らん。生んでもみてやらんからな」

「それは、ありがたいことです」

キミはぎくりとした目で黙った。ガンガラ声の育児の口出しはまっぴらだと友紀は思う。三年にして子無きは去ると言っていたセツは目をそらし、康道は固い表情で黙っていた。相変わらず尽忠報国、皇道教育に忙しい。

顕裕は何かで母親とぶつかり、暗い顔で黙りこんでしまった。気分が正直に顔に出る質らしい。キミが説明した。

「顕裕はなあ、志願兵になって、軍隊で卑しめられて頭が変になったんだ。二十歳の徴兵検査まではヤンチャ坊だった。喧嘩に負けるな、叩っ返してこいと言うと、やり返しにいった。

相手の親が怒鳴りこむと、おら言ってやった。子供の喧嘩だ。文句あっかと」

キミは「おら、それしか知らん」と言う。過去のことで顕裕と言い合ったらしい。

顕裕は「うちの英代はもとは人の奥さんでね。駈け落ちしたんで、うちは子をあきらめたんだ」と友紀に話した。

人妻の英代は二人の子どもを相次いで失くし、悲嘆にくれていた。それに同情した顕裕は、良家の娘との婚約を断った。双方の親たちのあいだで祝言の話が進んでいたのに、年上の人妻と駈け落ちしてしまった。顕裕の父は英代の夫から怒鳴りこまれ、詫びを入れ、婚約者の親や仲人にも次男の不始末を詫び、以後、人と付き合わなくなった。

「そういう負い目を背負ってるでおれたち夫婦は子や孫はあきらめたんだ」

「でも二人は仲良くて羨ましいです」

顕裕はセツより六歳年上だが、セツを兄嫁として立て、英代は兄嫁の身のまわりの世話をする。セツの態度は和らいできた。

家の中での康道の影は薄くなったが、誰も気にしていないようだった。

顕裕は五か月で元気になり帰京することになった。友紀はユミさん達にこのまま居てもらいたかった。「国都の東京は爆撃されると思います。田舎のほうが安全です」と懸命に言ったが、英代おばさんは首を横に振った。

「もう財布が空っぽ、東京での仕事を休業にしたままでは困りますからね」

門の外で別れるとき、ユミは友紀のお腹をそっと撫で、手をしっかりと握った。

「また来てね」

「きっと来ます」頷いて去る異人さんが見えなくなるまで友紀は道で手を振った。

東京組が去ったあと顕祥舅の中風が進んだ。セツは夫を介護せず、キミは「もうおしまいだ」と嘆き、嘆く口で「梅干を食べすぎる」と嫁に文句を言うのを忘れない。

庭の二本の梅の木からどっさり実がとれ、それを友紀が漬けたのだが、「つわりの長え嫁のヤツが」と言う。友紀はもう大姑の文句にへこたれない。

戦時下食糧自給の地域開墾があり、農作業は前よりきつくなった。友紀は骨盤が大きいのか、お腹が目立たない。お腹の子の胎動を感じながら鋤を使っていると、隣地のおばさんが「早産せんように、大事にね」と言う。友紀はお辞儀で応えた。

その隣りの主婦は負けん気らしく、張り合うように鍬を振りおろし、じりじりと開墾地を広げていく。ほかの区画の人たちも競うように働き、一億火の玉の気迫がみなぎる。

蕪菜洗いと漬けこみをすませてから、出産予定日の一月前に実家に帰されることになった。最初の子は実家で産み、赤児のものは実家が用意するしきたりだった。

産婦に特配された白ネルとねんねこの衿をキミは奪ってしまい、「おむつ百枚は実家で作ってもらえ」と言った。「お宮参りの産着はこしらわんでいい。かわりにベビーダンスていう物を祝ってもらえ」

米英の敵性語を禁じながら、キミはどこで憶えたのか「ベイビー」の箪笥を強調する。

「おらあ里からどのくれえモノやカネを分捕ったか。おらうちは金貸しだで親をゆすって分捕った。友紀のうちは何してくれた？」

キミは小さい時に実母に死別し、おとなしいだけの継母に育てられたという。

「死んだ赤ん坊のおしめが百枚残っているけんど、それはやれん。おれが小便たれになったら使うすけ、やれん」とキミは言い、茶箱のおむつとメリンス布地を見せた。

さらし木綿は入手できず、実家にはおしめにする古浴衣はない。どこの家でも木綿はすり切れるまで使い、縫い直したり、繕ったりする貴重品だ。友紀は母に葉書を出した。

母は村うちを回って四十枚のおしめを用意し、村の箪司職人にベビー箪笥をあつらえた。幸ねえさんが三十二枚のおしめを持参した。一枚の浴衣から六枚から八枚のおしめが出来るから、五枚の浴衣をつぶしたことになる。それ以上は人に頼める時勢ではなかった。

戦時下である。それに母が病み、いまは兄嫁が家に入り、近くの小学校に奉職している。実家の空気は変わった。初乃刀自の時代は終わったのだ。

友紀は嫁ぐ前に玄のために八十円の貯金通帳に印鑑をつけて兄嫁に渡して家を出たのだが、外へ出た者は気兼ねする実家になった。

山景色が元気をくれた。紅葉が散り、峰々は雪化粧し、村は墨絵のように変わっていく。

若い助産婦の稲さんは自分も大きなお腹をかかえながら山道を歩き、乳がよく出るようにと乳腺マッサージの指導に通ってくれた。「痛くてもこれでおっぱいが出るのですよ」晴れわたった寒い朝、陣痛がきた。そこに助産婦の稲さんが到着した。

「息を吐いて、さあ、いきみましょう」

稲さんは呼吸を合わせてくれた。不思議な力が湧いてきた。

「軽いお産ですよ。もうちょっとね、そうです！」

大きな産声がした。

「元気な男の子です」

母が手を握ってくれた。後産がすむと、痛みが消えた。

稲さんは毎日、産湯を使わせに通ってくれた。よちよち歩きの子を背負い、大きなお腹に大きな鞄を持って通う、そのたくましさ、助産のわざに友紀は感動した。

一生仲良くしようねと稲さんと友紀は約束した。

粗食なのに不思議なほど乳汁がでた。

村の人たちが祝いに来てくれた。友紀は「ベイビーが誕生したの。ハッピー」と英語をまぜて言ってみた。同級生は「男の子だ、チンポがチョンとついてるから、ベイビーでなくチョンビーだ」など言って笑わせてくれた。玄も笑って赤児の頬をそっとつついた。

十章　転換

年の瀬になった。「年内の天気の良い日に帰ったら」と兄嫁が言った。

産後二十一日で帰りますと婚家に手紙を出すと、「正月はバカ忙しいから、帰宅は松明けにするように」と舅名の葉書が来た。

「乳児と産婦へのご配慮有難う御座います」と友紀は舅に礼状を書き、松明け七日に子分の家の大橇にベビー箪笥を積んで山道をくだる予定で万端整えた。

十二月末にどか雪がきた。降りやまず、道が消え、正月過ぎても橇道がつかない。電報と手紙で大雪による遅延を高上の家に報せる。

毎朝空を眺めるが晴れず、二月五日、六日と二日晴れあがった。通行可能と判断し、それっと身支度をした。子分筋のおじさんが箪笥の荷橇を引き、娘さんが赤ん坊を背負い、母が付き添って出発した。

幸い天気は崩れず、ねんねこの中の赤ん坊は泣かず、道中立ったままおムスビを食べ、授乳をした。歩き継いで暮れる前に町に入り、高上家の門内に到着した。

一行を迎えたのは怒声だった。

「本日は正月七日かね。一か月も遅れて。約束守らんヤツは家え入らんでええ」

戸には錠がかかり、ほかの人は出てこない。夢中で歩いてきた体は湯気がひくように冷え、骨のしんまで寒くなった。娘は足踏みしながら背中の子をあやし、泣き声で言う。

「早く家の中でおしめを替えてやらんと」

キミがのぞき、「ヤマガのババア、忘れたか。娘を返してくれって言ったくせに、今度はノコノコと娘ば送ってきやがって。厚顔無恥と思わんのか」と始まった。

「うちに帰ろう」

母は厳しい声で娘をうながす。友紀は「大丈夫、悪態ばあさんには負けないから」と言って赤児を自分の背中に移した。

母は気を取り直したように「夜の山道は大変だすけ、もう帰らんくちゃね」

みんなで橇からベビー箪笥をおろし、玄間口に運んだ。

「ええとこへ嫁に来たねえ」おじさんは嘆息した。

「下宿の出入口から入るから。帰り道急いでね」

友紀は笑顔で母たちを安心させた。母たちは案ずるように振り向いて立ち去った。

友紀は下宿の通路口からお勝手に入った。

「一か月も遅れて何だ」大姑は爆弾を落とした。

「大雪を降らした天に言って下さい」

友紀は茶の間で子のおしめを替えた。奥の間から舅がいざり出てきて声を震わせた。「おお、よく帰ってきてくんた」

友紀はあいさつし、舅に赤子を見せた。

「おとうさんが名前を考えてくださったマサカツです」

「正勝、おらうちの跡継ぎだ、丈夫に育ててくれよ」

友紀はぐずる子をあやし、寝間で乳を与えた。子は力いっぱい吸う。

「マーちゃん、たくさん飲んで、丈夫に育ってね」

小声で語りかけ、「わたしは独りではない、この子がいる」と思う。

康道が帰宅した。眠っている子に友紀はそっと言った。「お父さんですよ」

康道は照れと当惑のまじったような顔で子の寝顔を眺め、妻にうながされて夫婦でベビー箪笥を寝間に運んだ。「力のある男手はありがたい」と妻は正直に言った。

友紀はご飯を遠慮なく食べた。代用食のさつま芋も大きいのをいただいた。

翌日から夜業が待っていた。燈火管制で電燈禁止だから、ランプの小さな灯をたよりに衣服を繕い、木綿の和服をもんぺの標準服に更正し、古毛糸を編みなおす。銭湯でシラミがうつると、髪はすき櫛で、衣服は煮沸で退治する。

障子紙が手に入らないので切り張りを重ね、部屋はいっそう暗くなった。針のめどに糸が通らない。寝不足か栄養の偏りか、目もかすみ、縫い目がさだかでなくなった。

町のガラス屋に行き、透明ガラスが一間分五百円で入ると聞き、夫にたのんだ。戦時にガラスなんて贅沢だと一蹴され、堪忍がつづく。

昭和二十年は苦のきわみだった。敵艦轟沈、大勝利など勇ましいラジオニュースが流れ、防空演習にかり出される。広場でのバケツリレー、竹槍訓練、出征兵士の見送りは義務づけられている。

演習中に友紀は乳が張る。子の栄養を絞り棄てられず、我慢の演習がすむと脱兎のごとく駆けて戻り、授乳する。爆撃されずに無事に育っておくれと毎日祈る思いだ。

二月下旬に東京から顕裕叔父が単身で疎開し、そのまま同居していた。叔父は前回より重い神経病みになっていた。まったく笑わず、「警察が尾けて来ている」と小声で言う。

康道は妻に小声で言った。

「用心しろよ。おまえだって俺が注意しなんだらしょっぴかれたぞ」

「顕叔父さんは、日本は負けると言ったのですか」

「また負けるなんて言う」康道の大きな目がきつく睨んだ。

叔父は眠り薬をのむ。それが強いらしく終日眠りつづけ、起きてもだるそうにしている。座敷で布団をかぶっていて掃除ができないので友紀は言った。

「危険人物なら家に捕えに来ると思います。うちに来ないから大丈夫ですよ。今年は大変な大雪で屋根がつぶれそうです。男手がなくて困っています」

顕裕叔父は応えない。風呂焚きも手仕事もしない。重い雪が落ちて通路が埋まったが、キミは次男をかばう。

「ここは自分の家だ。病人が養生してて何の気兼ねがいるもんか」

三月中旬、英代おばさんが焼けこげた標準服でふらりと入ってきた。口をきかないが察しはついた。三月十日の東京大空襲で焼け出され、着のままで逃げてきたのだと。

手足に火傷を負っていたので友紀は包帯で手当てをした。

大事な物を防空壕に収めて一人東京に残って家と荷物を守っていたところを焼夷弾にやられ、防空壕に逃げ込むと壕の中に火がついた。段ボール箱が燃え、夢中で外に逃れると、家が焼けていた。無一物になった、という話を切れ切れに伝えたあとは黙って部屋にこもっている。

おばさんの腕の火傷はなかなか治らず、子守を頼むこともできない。戦災の虚脱感と不安に感染したように友紀も無口になった。

昭和二十年の豪雪はとけるのが遅く、四月末にやっと春らしくなった。英代おばさんは駅に行っては力なく戻り、郵便受けをのぞく。ユミさんを待っているのだが、五月下旬には「空襲で死んだということか」と嘆いた。友紀も胸が締め付けられるようだ。

顕裕叔父夫婦は知人の紹介で北海道の炭坑に行くことになった。キミは嫁に命じた。

「叔父貴に一所帯分の物を用意してやれ」

新品は入手難の戦時だから、友紀は家の客布団二組、炊事具と自分の着物などを分けた。キミは自分の茶箱から真綿とメリンス布をたくさん取り出し、次男夫婦にだけ手渡した。

荷物を鉄道チッキで送り出し、叔父夫妻は発った。すぐにキミの次男への送金が始まった。キミは夜中に紙幣をぞえ、煙草の間に入れ、嫁に送らせる。

「いいか、カネを送った事を誰にも言っちゃならんど」

隣組で戦死者の葬式があった。戦局の切迫がわかる。

「いよいよ本土決戦だ。大事な物は疎開しろ」と康道が言った。山間部の遠縁宅に疎開するというが、康道は不器用で荷作りにひどく手間取った。

大騒ぎのところに茅乃姉から手紙がきた。母の身体が弱っているとの知らせだった。とんで行きたいのだが目の前が緊迫している。お盆すぎの十七日には何としても見舞いに行こうと心づもりし、舅に伝えた。

キミは「おれはソケーなんて嫌だ」と突っ張ったが、八月七日に長岡市街が大空襲で壊滅した。Ｂ２９が迫っていると聞き、キミは翻って「疎開だ、急げ！」と号令をかける。友紀は近所からリヤカーを借り、布団と日用品を乗せた。

康道がリヤカーを引き、セツがあとを押す。友紀は子を背負って脇を歩く。防空頭巾で炎天の道を急ぐから汗だくだ。キミはあえぎながらついてくる。

背中の正勝がぐずる。もうすぐ、もうすぐよと言いながら見知らぬ土地をめざす。

疎開先の農家の離れに到着すると、水一杯で康道とセツは舅の待つ家にひき返した。

「爆撃で死ぬかしれんが、ワシはうちへ行く」と言ったときのセツはいさぎよかった。

他の疎開者もいたが、主婦は皆に親切だった。水道はなく、井戸は水量が少ないので、疎開者は遠くの川から水を運ぶ。早朝に天秤棒で二桶を運ぶ。洗い物や洗濯は川でする。子づれは無理だから子を大姑にたのんで出る。いやでも大姑は曾孫をみることになり、そのうち情がうつったのか子を嫌わなくなった。

借間にはラジオがないから戦況ニュースを聞かずにいた。

八月十五日の午後、母屋の主婦がラジオで陛下の声を聞いたと報せにきた。その悲痛な顔で敗戦を知る。

友紀は無心な子を眺め、ほっとした。大姑は「ウソこけ！」と言ったが、夜には「さあ家に戻るぞ。おらうちは焼けなかったようだ」

翌朝、電報がきた。上里の「ハハシス」の訃報だった。友紀は無言で膝をついた。胸をおさえ、簡単服のまま子を背負い、素足に下駄ばきで田舎道を町に向かって夢中で歩いた。

《お母さんは身体中変なダニに襲われ、湿疹になり、痒がって、「このダニは外国から来た戦災だ、戦災は嫌だ、ヤダ」と嘆いています。おふだ配っても悪いことばっかだ、もうダメだと叫びました。悲しいです。》と茅乃姉の手紙にあった。

この夏に鼠を介して庶民を苦しめたダニは日本では初めての朱色の極微細種で、老人や病人に被害が多かった。

十代の玄を紐で背負って上京した母を想い出す。孫の下半身マヒを治すため見知らぬ大都会で往復三時間も電車に乗ったり歩いたりして通院した。梅雨どきも酷暑の夏も、母は小さな背に重い玄を負って歩いた。その姿を見かねたのだろう、交通巡査が乳母車を恵んでくれたという。おかげで少しらくになったが、治療の効果はなく、山に戻った。

しばらくしてまた玄を背負って横浜に行き、電気治療に通い、また効果なく帰った。落胆しつつ孫の可能性を信じつづけた。あの気丈な母がほとんどものを食べないという茅乃姉からの手紙だったのに、死に目に会えなかった。子としてしのびない。東京から長野に疎開した茅乃姉は夫の理解で生母を看ることができた。

友紀は国の敗戦より母の死に心がとられた。駅に着いて、敗戦でも木炭バスが途中まで出ることを知り、気をとり直した。バスの中で子の汗をふき、おしめを替えた。

上里の家につくと母の骸はすでに桶棺に入っていた。土に還る日を待っていたように白髪の頭をたれ、蹲って膝をかかえている、その痩せた肩が痛々しい。

玄が沈んだ目で棺桶の横に座っていた。友紀は目でくやみを述べた。

庭先で古神道のお見送りが始まった。母の血縁の八幡宮神官が白麻の透けた衣で現われ、故人の一生を静かな節で語り伝えた。初乃の夫は関東大震災と同時に息絶え、子らは震災の東京で行方不明になった。子らの生還を拝み、陰膳をつづけ、ついに再会できたのだ。その頼みの長男に先立たれ、大陸に送り出した次男にも先立たれた「逆縁」の山場は、往く初乃の魂に響くような朗々たる祝詞になった。

魂は他界で今生の人を見守るということで、祝詞の最後に「おくに替えになりましておめでとうございます」と故人の初乃に挨拶し、送る者にも「おめでとうございます」と深い礼をした。

　真榊の小枝をひとりずつ捧げ、そして晴れやかな笛太鼓と十二の舞で天への住み替えを祝うのである。

　初乃刀自の伝記祝詞はこれまでになく丁重であった。ほんとうは初乃の母が古社八幡宮の後継ぎなのだが、女は神主になれなくなって久しい。初乃の母はいとこにお宮を譲った、そのためか、神主の祝詞というより親しい姉に語りかけるような祝詞だった。

　澄んだ古笛の音に友紀は泣いた。気がつくと庭木でミンミン蟬が合奏していた。野辺送りの列は山の辺のツクツク法師の声に迎えられ、遺体の母は荼毘にふされ、白紫の煙は高く立ち昇った。友紀は荼毘の熱い炎から離れ、子を抱きかえて眺める。

　母の煙は青空になじむように薄らいでいった。

「母さん、やっと楽になれたね」と茅乃姉が小声で言った。

「還暦だったに、お祝いもできなんだ」と美弥姉が言った。

「母さんの苦労、忘れないよ」と友紀は天に昇る煙に話しかけた。

　高上の家に戻っても、まだ母がいるような気がして振り向いた。「母さん、きっと玄を守るからね」と気配の母に声をかけたが、もう話し合えない、やはり永訣だと思う。

　子を背負って空き地の開墾に行くとき、土の道を進駐軍のジープが通った。高い車台に白人と黒人の兵隊が乗っていた。大きいなと思った。

近所の女性たちは占領軍を恐れて顔に炭をつけ、娘の隠れ場所を相談している。

町を闊歩する進駐軍兵は陽気に見え、子らは米兵からガムをもらい、ヘイヘイと真似て噛む。「女たちは隠れるように」という話は沙汰やみになり、大きな米兵に小柄な日本乙女が肩を抱かれて歩く姿が見えた。女は長いスカートの洋装だ。これが占領というものか。

康道はまだ国民服を着たままだが、頭の中はアメリカの教育に切り替えたようだ。皇国の話は露ほどもせず、学校と家を忙しそうに往復している。

食糧不足は深刻で闇が横行し、上等な和服は食糧にかえた。友紀は遠い農家を回り歩く買出し部隊に加わった。帰りのリュックが重いときは背負い甲斐があった。ところが橋の上の検問で警官に捕まり、米をすべて没収されてしまった。大事な和服と交換した米を失い、しょんぼり家に向かう途中、下宿の若い小泉巡査に会った。事情を話すと、その夜、小泉さんが没収米を持ち帰ってくれた。わるいねえ、米は大事だもんね。

鶏卵は貴重な栄養源だから、雌鶏をふやし、明け方、田圃で田螺をとり、石で砕いて鶏に与える。生んだ卵をいただき、一つのナマ卵を分け合ってすする。

翌年、教員は学校の空き地を借りて開墾することになり、妻が開墾に出た。開墾中に友紀は吐いた。つわりだとわかった。

大姑は首を振った。「えつのまに父ちゃんば抱いた。男と女はわからんもんだな。山んちゅは子たれの血統だ。編んでつるし柿にするくれえ産むなんて許さんど」

戦争中、他家の男衆は戦地に召されたのに、康道は長男で教職だからと内地にいて子を作った。それを恥じず、食糧難の時にまた子を作るとは。

大姑の嫌味に友紀はひるまなかった。


腹部が目立つようになると割烹前掛けで隠し、正勝を日陰に座らせて鋤起こしをした。芝草の根の張る地面の開墾は手間取った。

作業中にわか雨がきた。正勝の頭を手拭でおおって背負い、吹き降りの中を駈け戻った。途中、陣痛がきてしゃがみ、気を張ってまた走った。

勝手口にとびこみ、正勝を背中からおろすと同時に生まれた。

助産婦なしでお勝手で自力出産した子は、男だった。小ぶりだがしっかりした面立ちで、すぐに上手に乳を吸った。教えなくても舌をまるめて乳をのむ、赤ん坊は天才だと感嘆した。

康道は赤ん坊の顔を覗き、「またおれに似たようだ」と言い、「澄勝」と半紙に記した。

産後十日目に若姑が神経痛になった。痛い痛いと泣くので、産婦は寝ていられず、若姑の看護をする。新生児はまわりの状況を察したように泣かず、大姑は「こりゃいい子だわ。賢い子だ」とほめた。

炬燵の季節がきた。奥山の炭焼きが担いできた炭を多めに買い、毎日午後三時に火を熾し、下宿人の炬燵についで回る。下宿人たちが帰ったらすぐ温まれるように。

下宿はわが生業だと友紀は思う。わけへだてなく相談にものり、部屋代が払えなくなった勤め人の詫びを聞き、もう三月待った。新人の彼の言いわけに疑問を感じた、その直後に彼は消えた。

姑たちは「世話焼きが騙された」と言い、夫から「底抜けバケツのお人好しでは駄目だ」と批判され、友紀は頭をたれた。

強風の日、進駐軍の米兵がタバコの吸殻を投げ、火事になった。火炎は納屋を焼き、隣家まできた。杉のナマ木に火がつき、パチパチはぜて火勢がまし、バケツの水では消火が追いつかない。

友紀は背中の子を若姑に渡して隣家にとびこみ、家人といっしょに物をつぎつぎかつぎ出し、野次馬に向かって大声で叫んだ。

「この家はまだ戦地から復員してません、手伝ってくださあい」

お願いですと叫ぶと、おおぜいの人がわっと手伝い、消防車が来て鎮火した。

家に駆け戻ると大姑が怒鳴った。

「うちを放りだして、馬鹿もん。自分の家が大事か、よそが大事か」

舅が大姑に強く言い返した。

「何を言うか。隣で防がんがったら、うちに火が移るでねえか」

息子の反撃に大姑は歯噛みし、ころがり回った。襟をはだけ、目を引きつらせ、神経が変になったようだ。

そこに隣家の裏に住む老人が避難してきた。老人は大姑の騒ぎに驚き、詫びた。

「わしが助けを求めたすけ、アネさまはとんで来てくんなさった。わしが悪かった」

老人は足が悪いので、大姑にぶつかられて倒れた。近所の人たちがとんで来て、老人を助け起こし、口々に言った。「ばあちゃん！　焼けた身になっておくんない」

「この家は焼けなかっただすけ鎮まってくんない」

セツも苛立った。「われは馬鹿力で近所の支持とったかしれんが、火事場で外に持ち出した物は水でずぶ濡れでねか。隣は困っていなさる」

無我夢中の助太刀に水をかけ、「山の家は近火見舞の義理を知らんね」とまた言った。

友紀は聞き流した。舅が静かな声で言った。「おまえの実家は？」

「うちは義絶してるに何言うね」

セツは二階に駆けあがった。速い足音だ。

進駐軍の兵隊がタバコの吸い殻を投げて納屋が燃えあがった事を、目撃者たちが警察に訴えたのに、占領軍だからと失火を問われず、また進駐軍による失火があった。

占領に戸惑う中で、貨幣の新円交換が始まった。

一家の財布を握る大姑は「これが全部だ」と五百円出し、「顕裕に七千円も送ったもんな」と嫁に耳打ちした。

友紀は嫁いだとき持参した二百三十円の貯金を使い切っていた。自分の親戚知人の義理は全て自分で賄うよう言われてきたが、もう完璧な文無しだった。

「カアちゃんになったで康道からカネを貰ってるでねえか」と姑たちは疑い深く、嫁の財布や持ち物を調べたが、康道は妻には小銭も渡さぬ主人だった。

この日、友紀は自力で経済力を持つと固く決意した。

高上の下宿の食事はおいしいという評判で希望者が多く、順番待ちだった。そこで友紀は下宿人に話し、三部屋を二人組にし、増えた下宿代を自分の貯金にまわした。

子どもは下宿のお兄さん、お姉さんと遊ぶのが好きだ。これも助かった。下宿人の病気や怪我を看護し、女学生に月経の手当てを教え、家族のように世話してきたから、下宿代を踏み倒した人が一人いたぐらいで友紀は落ち込まなかった。

カタカタ車で肥桶を開墾地に運んでくれるのは巡査の小泉青年だった。

「リヤカーが手の入るといいね」と言いながら運ぶ。

「わるいねえ」

「わるくないよ。おれ百姓の子で、野良仕事好きだし」

頼まなくても小泉青年は非番の日にマキを割り、割り木を作ってくれるのだった。

味噌作りは下宿人みなが手伝った。実家から大豆と麹を運んでくれる人がおり、味噌玉つくりはおおぜいだから活気が出る。

下宿の古参は貞ちゃんだ。旧制女学校が新制高校になったので六年目も同じ部屋に住むことになり、買い出しの相棒を申し出てくれた。

日曜日、友紀と貞ちゃんは戸隠まで買い出しに行った。二人で「りんごの唄」を歌って歩き、蕎麦粉と大粒の紅玉りんごを一人八貫、二人で六〇余キロを背負って帰った。

その夜、貞ちゃんの部屋に下宿の全員が集まり、歓声をあげて紅玉を丸齧りした。

おいしい！　ばかうまいね！

十一章　女声

康道が見知らぬ客と話している。「民主主義」という新しい言葉に友紀は耳を澄ました。康道は悩まずにアメリカの政策に乗って新しい教育をめざしているようだ。国民学校の奉安殿に最敬礼し、東向け東と号令をかけ、日の丸に敬礼していたことを急に忘れたような明るい声が何だか可笑しい。しかし彼は農地改革をひどくおそれている。実家の農地を取り上げられたくないと兄弟寄って話し合っているようだ。

倒産で失った田畑を家族一丸となって働いて取り戻した、そこに今度は農地改革だという。何とか残す手はないかと客に相談しているようだ。「その家の歴史や事情より先ず改革です。私の力ではどうになりません」と客は困ったように応え、長居せずに帰った。

お茶はおセツさんが出し、客が誰であるか妻には告げぬところは戦中のままだった。最近、康道が大事にしているのは二眼レフの大きな写真機だった。その貴重な物が突然妻の頭に落下した。あまりの痛さに友紀はウッ！とうずくまった。

「写真機、痛まんかったか！」

夫は叫び、とんで来て写真機を抱いた。頭は大丈夫かと言わず、すぐに写真機を点検し、「不注意だ！大事な機械ものを」と言った。とがめ立てに妻は涙の抗議をした。

「大事な物を古新聞の上に置いた人が不注意です。わたしは小さくて棚の上は見えないから、いつものように新聞を引き抜いたんです。あなたは生徒にもそんな冷たい言い方をするのですか」

康道は答えず、頭の内出血に濡れ手拭を当てている妻に、「あなたとは何だ」と言った。思わず妻の口から出た「あなた」がカンにさわったらしい。

写真機が壊れなかったと判ると、夫は大事そうに風呂敷に包んだ。押入れに隠そうとするのを妻は奪い取り、「写真機も写真も見たくない」と言って外に投げ捨てようとした。夫は驚いた顔でとびかかり、腕力で奪い返し、押入れの奥に隠し、襖の前に立った。

「高価な精密機械を壊したら、どんな損害か」

「自分は高価な買い物をして部屋のガラスはいくら頼んでも入れてくれない。前から部屋が暗くて、縫い物に不便しているのに、勝手過ぎます」

夫は押入れから写真機の風呂敷包を取り出し、胸に抱いて部屋を出て行った。別な場所に隠すつもりらしい。

次の日曜に近所の主婦が写真機を借りにきた。「うちの人が佐渡に一泊旅行に行くので記念写真を撮りたいそうです」

康道は笑顔で頷いた。「あとで家内に持たせますから」と言い、奥さんが帰るなり顔をこわばらせて妻に言った。

「大事な精密機械ものは絶対に人に貸せないから、断ってきてくれ」

言いにくいことは妻に言わせ、悪いことは妻のせいにし、自分は傷つかぬように振る舞う、そういう男に友紀は心底腹を立てた。

「女房が尻拭いを続ければ、あなたは人間としてもっと駄目になります」

「尻拭いが出来なくては女房の資格はない。それが内助でないか」

「違います」

「あの奥さんも旦那の使いで来たじゃないか」

「あなたは妻に使いを頼むのでなく、女房に尻拭いをさせるのです」

康道の目が鷲のように鋭くなった。その目を妻は見すえ、「心を入れ替えてもらいます」

「女房が尻拭いするのはどこでもやっていることだ。まるく収めてくれ」

「あなたはおかあさんにも幸先生にも調子のいい外面を注意されず、ひとに尻ぬぐいさせるのが平気な大人になった。思いやりのない、そんな駄目な人間は教育者失格です。教え子が可哀そうです」

「主人に説教するのか」

「あなたの駄目な心を叩き直します」

固い表情の夫に妻は静かに言う。「わたしが怪我しても、病気になっても、大丈夫かの一言もない。たとえ奴隷の怪我や病気でもいたわるのがなさけです。暮らしの中で身近な者を思いやる心は小さな事でないですよ。女房を悪者にして丸く収めるのは卑怯な行いです」

妻は折れなかった。夫の出勤中に奥さんが再度写真機を借りに来た。友紀は言った。「精密な機械物をお貸しして故障がひどくなると双方困りますでしょう」

「そうですね」と奥さんは頷いて帰った。その後もふつうに付き合いは続いた。

妻の活動の場は外へ広がっていく。交通事故や火事、嫁姑の争い、親子の暴力など、助けて！と言われると、駆けつける。康道はあきれたように言う。

「おまえは他人の世話を焼き過ぎる。人にとんで来られたら却って面倒だと思わないのか」

「困って、弱って、助けてと言ってる人をほっておけないでしょ」

友紀は他人には「世話好きは私の持病でして」と照れて言う。人は「それはお大事に」と笑う。他人とは冗談を言ってうまくいくのに、夫とは噛み合わぬままだ。

一つ康道は変わった。妻に尻ぬぐいをさせなくなった。外面の良さは変わらないようだが。

康道は小金をもっているのに戦後も暗い部屋の戸をガラスに替えることに反対しつづけている。インフレでガラス代がぐんぐん値上がりしていく。妻はたまりかねて夫に手紙を書いた。

〈切り張り障子では部屋が暗く、縫い物がつらいと嘆いても、まだ知らん顔です。貴方は鈍感ではなく、今もって冷酷漢です。（もう言いたくありませんが）もし、私が「康道が死んでくれたらと願う。死を願う」と書いたら、あなたはどんな気持ちですか？

あなたはケチンボで欲張りです。戦時中、衣類の特配の時も自分の物だけ買って帰ったのには呆れました。時計を失くしたと言って私の腕時計を使い、返さない。あなたはお金があるのに代わりの時計を買おうとしない。私も腕時計が必要です。すぐに返して下さい。

私の鏡台の鏡を割ったのに、謝りもせず、知らん顔です。妻の思いを無視し続けるならば、

私は大勢の人に全て公表し、皆に相談にのって貰います〉

この手紙で初めて康道はガラス代を出し、割った鏡を弁償した。遅れて腕時計を返した。

念願の透明なガラス戸をとおし、明るい日ざしが家の中に入り、昼間の電灯なしで新聞が読めるようになった。

深い雪に埋もれたブナの根が早春の陽であたたまると、根元がまるく開け、ぐんぐん雪が解け、春が来る。この新時代は女の早春だと友紀は思った。

夫との根元はまるく開けなかったが、友紀は考えた。夫個人に抗議するだけでは弱い、社会が変われば彼は変わる。最近、彼は「進歩」好きになったようだから。

彼は石橋を叩いても渡らぬ人、わたしは丸木橋でも揺れる吊り橋でも渡る女、夫婦の性格の違いだ。性格は違うものだと友紀は思うようになった。

戦後三年目の春、桜色の女の子が生まれた。生後七日で誰もが賞める美しい面立ちになり、お七夜に珠子と名づけた。

切れ長の目が山の母に似ている。初乃母さんの生まれ替りではないかと友紀は感じ、女の子を授かったことが心底うれしかった。

食糧が足りず、三人目の子育ては楽ではないが、無心な珠子にセツは目を細め、育児を手伝ってくれた。上の子はおしめがとれると二階の姑が自分の子のように可愛がったから母の後を追わない。とくに長男の正勝はセツバアバを慕い、康道の前ではちんとかしこまるのだ。

珠子の首が座ったら背負って外へ出よう。そう考えていたのに、珠子は生後三か月で水疱瘡に罹った。上の子に感染しないよう注意し、納戸で珠子に添い寝した。珠子は懸命に乳を吸った。乳児の水疱瘡は重症になりやすいと医師が言ったので寝ずに看ていた。

珠子は夜中に苦しそうに泣いた。そのとき「お迎えに来たよ」という母の声が聞こえた。振り向くと廊下がぼーっと明るくなり、見慣れた浴衣姿の母が両手を差し出し、ひょこひょこと歩いてきて、消えた。ぎくりとして珠子を抱きしめた。待って、と言おうとしたら、珠子はあーあーと小声で泣き、乳を吸ったまま息絶えた。

最後の最後まで乳を吸おうとしていたのが哀れだった。水泡の痕が紫色に変わっていった。友紀は死子に詫びた。

埋葬した後も乳が熱く張って痛んだ。働いていても珠子の泣き声が聞こえるようで落ち着かず、背中がスカスカ寒かった。どうしてお母さんは珠子を迎えにきたのだろう。解せない思いと寂しさですくみそうだ。

寒い背中をいたわってくれるような眼差しに遇った。夫の兄の専介は前から同情してくれていた。東京の大学で工学を教える先生で多忙なのに、珠子の墓参りに来てくれた。この人になら胸のうちを話せる、でも専介兄さんには奥さんがいる。

友紀は義兄への思慕を抑えた。

新しい婦人会に出るなり初回で友紀は会長に選ばれた。大姑は自分が当選したように「おらうちのカアちゃんの実力を見ろ」と自慢した。ばあちゃんの暴言を知らない人は、おもしろバアちゃんとして持ち上げるから、おキミさは調子者を演ずる。おらうちはカアちゃんが大将、おセツは下士官、このババは哀れなバアヤでござんすと言う。

康道は「友紀の家は神道だから困る」と言う。友紀はしらけた。

友紀は井戸や川や竈、厠にも庭木にも手を合わせ、お寺や道祖神やお稲荷さんの前で頭を下げる。浄土真宗の祖母の教えもあって神仏混淆になじんで育った。康道は戦時中の国家神道に平服し、東方の皇居遥拝を指導し、今度はどちらを向こうというのか。時の体制に合わせるから世間との摩擦はないが、教師は摩擦をおそれてはならぬと友紀は思う。

康道はボロの中に物を匿す癖があった。その現場を背後から見たとき、友紀は見て見ぬ　ふりをした。そのとき親鸞を思った。

虚仮不実のわが身にて　清浄の心もさらになし

親鸞は大悟に至っても「清浄心のない自分だ」と言われたという。悪人には悪業を離れることの出来ない苦しみがある。だから最後には大悲の願いが心身にこたえるのか。どうか?悪人は康道であり私だと友紀は感じ、夫の隠し癖を責められない。嫁奴隷のとき受けた監視、調べ、あの屈辱をわたしは忘れないから、隠し癖を責められない。あの人は隠さずにはいられない体験をしたのではないか。

狭い家の中で責め合わず心を広い社会に向けようと、女の会の挨拶、発言のトップバッターをかって出た。

「戦争は嫌で嫌でならないのに、反対できず、ただ辛抱しました。戦争に負けて、しばらくして思いました。これではいけない。母親が奴隷で、無知のままでは子に尊敬されないと。封建制の犠牲になって黙っている女ではいけないと今は思います。

戦争しない、させない、それが女の役目だと思う私になりました。

公会所の土間にたくさんの藁草履や下駄が揃えて並んでいるのを見たとき、わたし、涙が出そうでした。やっと集まれたんです。でもこのなりを見てください。野良に出るわたしはこの簡単服が一張羅です。わたしは長いこと新聞も読めない嫁でした。女としての今の目標は新聞を読むこと。読んだことをみんなで話し合いたい」

拍手がわいた。あとの自己紹介は、家族の戦死や近くの街の爆撃で家を焼かれたこと、海からの艦砲射撃で母親が死んだことなど、こもごも語られた。

戦時中の標準服のままの女性がきりっとした声で言った。

「わたしは騙されたことが悔しくて、無念でなりません。学校で聖戦に勝ち抜くことが正義だと教えられ、機械工場に動員され、草や芋の代用食で鉢巻きしめて、男子以上に頑張りました。そしてうちの兄は。戦死公報だけ、、、大事な人や働き手をハガキ一枚で連れていかれて、女子どもまで殺したり殺されたり。私たちは騙されたんです」

「わたしの婚約者はアッツ島から戻りません。玉砕したようですが、どんなに苦しかったかと思いまして」

「うちの人は戦地から早めに復員したですけも、戦争で心がすさんだのか、カストリ飲んで荒れるですよ。父さんが荒れる夜は、子どもは神社の縁の下で寝てます。生きて帰ってくれて、嬉し泣きしましたのに、いまの家の中は地獄です。内緒でここに来て、帰るのが怖い」

一気に話し、「世間に言わんでください」と頭をさげた、

「脚気で野良仕事がきつくております。からだ中かゆい病気ですが、玄米たべても治らない、何でしょうか」と相談をする人もいた。

お茶と漬物が出た。また戦災や子の栄養の話を続け、一人が茶椀を洗いに立つとみな立ちあがり、さっと片ついた。女だけの会は何とてきぱき片付くのだろう。

この会のあと友紀は道で声をかけられるようになった。

「いつも背中に赤ん坊くくって畑してえなさるから、女中さんと思ってました」

「川で洗濯してたとき、ヤブ蚊を追いながら涙ふいてた、あの哀れっぽい嫁さんとは別人のように堂々と話なさって、ほんとに変わりましたねえ」

「わたし、学校の開墾地で奥さんが肥桶かついでる姿を見て、高上先生の言うとうりだと思っていました。うちの家内は何の話相手にもなりません。頭の無い女です。と旦那様は言っていました。実物は大違いでした」

そう言ったのはもと康道の同僚B教師だった。

「戦争しないこと、それが女の役目とあなたが言ったとき、私はどきっとして耳が痛かった。私たち女教師も聖戦を一生懸命教えましたから」

「辛らい時代でしたね」

十二章

雑行雑修

舅が梯子の枠の中に首を突っ込んで気絶していた。

「おじいちゃんが大変です」友紀は大声で大姑と若姑を呼んだ。

女三人で梯子から首を抜き、仰向けに寝かし、友紀は医師の往診を頼みに走った。

戻るなり姑たちは「手が土だらけだ、利き手で馬鈴薯を片つけようとしたんだ」と言う。えらいことになったと友紀は思った。掘った馬鈴薯を籠に入れて棚の上に置こうとして梯子をかけ、そのまま洗濯物を取り込んでいた。その間の発作にちがいない。

舅の意識は回復せず、大鼾をかきつづけた。医師が来て注射をした。脳出血の重い発作だからそっと床に移すよう指示し、四人で重い身体を布団に乗せて奥座敷に運んだ。医師は看護を妻のセツにたのんで帰った。

セツは困惑した顔で枕元に座り、「友紀ちゃの手伝いをして倒れただいね」と言った。二時間ほどして伏せ、めまいがすると言って二階へ去った。

帰宅した康道はしばらく枕もとに座っていた。夜中は友紀が寝ずに付き添った。

明け方、舅の鼾がやみ、寝息が弱まった。「大ばあちゃん、起きてください」

大姑は「ケン、顕祥」と耳もとで呼びかけた。舅の息が止まった。セツと康道が起きてきた。みな涙を見せず無言だ。

突然キミが腰を上げた。「さあ見送りだ」

夜明けとともに密葬と葬式の段取りにかかった。夏の弔いは簡素に型どおり行なわれた。セツはやつれて見えたが淡々とキミの次に焼香した。呂の喪服姿が美しかった。

友紀は舅の絞り出すような声が耳底から聞こえたように感じた。「友紀、戻ってくれ、助けてくれ」

おじいちゃんの頼みでわたしはこの家で辛抱したのですねと友紀は遺影に語りかけた。半身不随に耐えながら家長の務めを果たさねばと一所懸命だった姿がよみがえる。

弔問客が帰ると、キミは「ああ、らっくりした」と言った。「享年六十三歳」、八十過ぎの逆縁は悲しかろうにキミは「おれが先に逝ったら顕祥はもごいからなあ」とも言った。長く患った長男を哀れんでそう言ったのだろうが、長男夫婦の間で世話をやき、夫婦関係を結べなくしたのは自分だとキミは少しも思っていないようだった。

長男の初七日の後、キミは「友紀ちゃ、ユキちゃんや」と親しげに呼ぶようになった。炊事の最中でも「ちょっとお茶飲まんか。お茶出たぞ」と声をかけ、ぬる茶をすすめるのだ。友紀はお茶飲みしている暇がない。

「そんな急がんでもええでねか。茶飲みも仕事のうちだ」と大姑は言う。飲まないと呼びつづけるから、友紀は我慢して飲む。すると大姑は「はは、友紀はお茶好きだな。セツは胃が悪くてお茶嫌いだすけ、おまん困るど」

セツは「わしはまずいお茶は飲まん」と言い、機嫌が悪いときは「いらんわね」と強く言いかえす。

キミはよそへお茶のみに行くようになった。大姑がいないと友紀の家事ははかどる。

よそから帰ったキミが拳を鼻に重ねて、鼻が高い仕草をした。

「友紀ちゃは男より実力あるだってな、おら、おまんのエラサを聞いたど」

うわ目づかいに言ったりもする。「おらが機嫌よくしてれば、友紀ちゃは年寄りにきつい声出さんもんな。年寄りいじめはしねえよ、友紀ちゃんは」

友紀はノドグロという日本海の名物魚を大姑の膳につけた。キミは沈黙して焼き魚をじっと眺めていた。

「よくまあ、おれの好物を、、、おったまげた。おまんは人ば怨まねえのか。それとも？」

「毒はついていません」友紀は沈んだ目で言った。キミは首をすくめた。

人をいじめたことを憶えているところは常人だった。

鮮魚を魚屋に注文できる時代になった。魚屋は上ものが入荷するとすぐ届けてくれる。日本海名立名物「幻魚」が少し手に入ったので大姑だけにつけた。

「おっ、ゲンギョだ！　この細身のひと塩、たまんねえ」

大姑は童のように夢中でたべた。

「年寄には好物を」というのは日本の昔からの習わしであり、当たり前の行為であるが、食糧難の配給制が大姑を変えたのか、気持ちを変えたのか、キミは笑顔で言った。

「おら友紀ちゃの言うことなら何でもきいてやるど」

友紀は驚いた。畑の帰りに近所の主婦からも告げられた。

「年寄ばあちゃん、うちにお茶のみに来んさって、お嫁さんば褒めなさったよ」

友紀はにこっとした。

「ほんにいい笑顔だ。年寄ばあちゃんは言いなさったよ。あれは笑うとキレイ顔になると」

セツは孫の可愛い仕草に笑いころげることがある。二人の孫の手を引いて康道と夫婦のように散歩する。身体が丈夫になり、もの言いがさっぱりしてきた。大姑への言いつけ口が止み、嫁の手紙や財布を調べる癖も止んだ。

康道への甘え声だけは変わらず、夫婦の間にはいつもおセツさんがいる。友紀は姑を通して夫と話す。それで通じるならそれでよしと。

おセツさんは形だけの夫がいたときより顔が明るくなった。と友紀は思ったが、ある日気がついた。おかあさんが泣いてばかりいたのは更年期の異常もあったのでは。

心身不調のときに愛児を失くし、そのあとすぐに自分の身内の正代さんが出ていき、実家と義絶になり、意にそわぬ後妻嫁がきた。戦局は苛烈になった。おんば日傘で育った身の更年期に何もかも一緒にきたので変になったのだ。そう考え、友紀は言った。

「戦争中は、おかあさんも辛らかったですね」

姑は目頭をおさえた。

「戦時中は、持病の神経痛が痛くて、頭痛もひどくて、眠れなんだ。ほんと苦しかった」

この時からセツは何でも話すようになった。

「わしが子どもみてるで、友紀ちゃは外でがんばっておくれ」と言う。

「どんなことでもおかあさんに相談しますから、いっしょに考えてください」

セツは笑み崩れてお辞儀をした。「わし、友紀ちゃの家来になる」

「家来は困ります。姉妹でしょう」

「そうだね、友紀ちゃがお姉さんみたく思えてきたよ」

「妹役を選べて幸せですね」

彼女は政治家夫人の鳩山薫子という美人に似ていると評判だった。薫子さんよりおセツさんのほうが色白だと賞められると、目元に笑い皺がより、眉間の縦皺は目立たなくなった。

男の子が生まれた。瑛勝と名づけられた三番目の子は、動きが活発でよく笑う。えもいえぬ魅力を予感させる子だとセツは言った。

交わりが少ないと妊娠の確立が高いのか翌年また妊娠した。康道は言った。

「産児制限の時代だ、もう生まなんでくれ」

「今度はきっと女の子です。珠子の生まれかわりです」

友紀はどうしても生みたいと言った。夫は「三人で十分の時代だ。おかあさんに聞いてくれ」と言った。姑はうつ向いた。「わし、疲れた、四人は無理と思う」

託児所はなく、子守の人手もなく、姑の援けがなければ育児と社会活動の両立は大変だ。

「では、三人の子が育ったら、女の子の里子を引き取らせてください。それを約束してくださるならもう生みません」

康道とセツは約束した。この約束は必ず成就させると友紀は心に誓った。

中絶手術と永久避妊の卵管結紮手術をした。入院中、友人が看護と家事をしてくれた。寝ている枕もとでその友人が言った。

「おたくの旦那様はたいそうご立派で人格者という評判なのに、奥さんには冷たいですね。旦那さんの新しいネクタイ、女性の贈り物ですよ。旦那様はそのひと、もとの奥さんと交際しています。そのひとが外地から引揚げてきてすぐに」

夫の希望で子を永久に生めなくする手術をした、その時だから、友紀はひどく悲しかった。しかし康道を問いつめる気も彼に手紙を書く気も起きなかった。

正代さんは離婚後、日本で生き難たくて満洲に渡る人と再婚したのではないか。康道は今も前妻を忘れられないのか。

友紀は引揚者住宅に野菜を届け、そこの家々の肥を汲ぶ奉仕をしている。満洲からの引揚者が多く、近くに知り合いの農家がなく肥の始末に困っているというので、「わたしが始末しましょう」と言い、週一度の肥汲みをして半年になる。

家には下宿人がいるから肥料の下肥は余っているのだが、戦争の逃避行や難民収容所で家族を失くした人たちを援けたかった。やつれた人たちが少しずつ明るくなるのが嬉しい。手術後、ふたたび引揚者住宅に野菜を運び、肥くみ奉仕をした。

「正代のとこも肥を汲んでもらいたいと」とセツが言った。友紀は頷いた。

正代さんが再婚した相手は妻に先立たれた人で、現地召集され、ソ連軍の攻撃で生き別れになった。正代は先妻の男の子二人と自分の生んだ女児をつれて逃避行をして難民収容所で下の男の子を失くした。シベリアに抑留されたと思っていた夫は、少し遅れて中国から復員したそうだ、とおセツさんが伝えた。

全て失って引揚げたと聞いたので、友紀はキシキシ車に旬の野菜を多めに積み、肥汲みに出向いた。気の毒にと思って訪ねたその家は立派な新築だった。初めて会った正代さんは痩せていたけれど、長身の垢抜けたひとで新しい水色のフレアワンピースを着ていた。はきはきした声で「子どもの学校のこと、よろしく」と言い、難民になって引揚げた苦労を言葉少なく話した。友紀は他の引揚者に対すると同じように耳を傾け、苦労をねぎらい、取り立ての野菜を手渡した。彼女は「わるいわねえ」と古新聞で受け、奥に入った。

友紀は肥を二桶汲み、道路のキシキシ車まで天秤棒でかついで運んだ。手術後のせいか腹に力が入らず、肥桶がぐんと重く感じられた。

キシキシ車を引き出してほどなく急に軽くなった。振り向くと中年の女の人が車を押してくれている。肥臭を気にせぬふうに肥桶の下方をおさえて押している。

「申しわけありません」

「たいちょうぶ」

引揚者住宅の近くに住む朝鮮の人らしい。

揺れる車は支えてもらって進み、畑の農道に入り、肥桶をおろそうとすると、女性が素早く天秤棒を支えてくれた。肥壷の穴にあけるまで助けてもらい、友紀は恐縮し、最敬礼した。

作業がすむなり農道を引き返す背に「はたけの野菜をどうぞ」と言ったが、「エキ行くから」と手を横に振って去っていく、その後姿に友紀はまたお辞儀をした。

翌日、友人のMさんが顔を見せたので、その話をした。

「自分の夫が交際している女の肥を汲むとは。妻としての誇りはないのですか」

「そんなちっぽけなホコリはないです」と友紀は答えた。

引揚者住宅の人たちに対すると同じように奉仕しただけのことだ。そのいつもの肥運びを通りすがりの人が手伝ってくれた、その親切を告げたのに、誰の家の肥か、という事に関心がゆくのは変ではないか。妻であることはそんなに誇りなのか？

「肥汲みは恥ずかしいことですか？女と女は男をはさんで対抗するものだという考え、前から嫌でした。今ははっきり嫌です」

女性がはっきりものを言う、その点が好きでこの人を友人と考え、手術のあと家事を助けてもらった。でも噛み合わない。

「自尊心は失くしてないのね」と彼女は念を押す。

「大丈夫。二人の交際が非道なら、わたしは二人を叱ります」

数日後、友紀は何気なく康道に言った。

「正代さんとこの肥も汲んどきました」

康道は「ありがとう」と素直に言った。

この人は正代さんを支えようと思っている。それは悪くないが、女の気持ちがわかっていない。苦しんで培った女の思い、苦しんでいる女とは争わないというわたしの気持をこの人はまだ理解できないようだと友紀は思った。

友紀と正代は道で会うと子どものことを話し合った。正代さんは正直でさっぱりした人だと思った。男の子が遊びに来て正勝たちと夕食を共にすることもあった。

康道を気の毒に思うことがある。彼は養子にされ、若い養母に溺愛され、大姑に離婚を強いられ、家の中では女の戦にもまれた。高等小学から師範一部を出たが、彼の兄弟たちは苦学して旧制高等学校から大学を出て大学教授や大会社幹部になっている。兄たちは進路も結婚相手も自分で選んだという。康道は心の中で、苦学しても自由に生きたかったと思っているかもしれない。

男は女から生まれ女に育てられる。男はしかし人前で泣けず、心で泣く。強そうな仮面をつけた男の切なさを友紀は想う。自分が人前で泣けない境遇を経たから、泣けない男の切なさが解るのだ。

そんな友紀に康道のすぐ上の兄と妹が親しみ、訪ねてくる。兄の専介は戦後レーダーの研究を始め、東京の大学の研究室が忙しいというが、正月と夏と春の休暇には訪ねてきて弟と食事を共にする。

夏休みの夕、食事をしながら専介兄は真顔で言った。

「友紀さんは肚の大きいひとだなあ」

「あれはおれが育てたんだ」と康道が応えた。え？友紀は配膳の手を止めた。

「どうやってわたしを育てましたか」

「お前は自分で稼ぐようになったでないか。自分で貯金をしている」

専介兄が言った。「うちの家内は安月給を全部とりあげて、亭主の小遣いはちょっぴり、ぼくは本が買えない。彼女は文化マダムで音楽会や演劇やドレスに金がかかるという」

「別嬪妻を甘やかして、恐妻家になって」康道が笑った。

「おれは友紀さんと道連れになりたい」

愉快そうに笑う兄とニコッとした友紀を康道は同時に見て盃を干した。

セツが呼んだ。「干物屋さんの御用聞きですよ」

友紀は座敷をおセツさんにたのみ、勝手口に出て応対し、ついでに子らの学校の用をすませて食後の葡萄を座敷に運んだ。専介兄は帰り支度をしていたが、座って葡萄を食べ、「ご馳走さま、そうめん、天婦羅、みんな美味かった。康道、夕涼みがてら駅まで送ってくれないか」

専介兄は、友紀さんも行こうと促す。友紀は玄関に出た。専介兄は静かな裏道を選び、木陰で立ち止まった。

「実の兄弟だから本心を話したかった。おれはよれよれの復員兵で、目方が足りず、世知にうとく、最近やっと新しい研究のめどがついたばかりだ。書生時代が長くてこれから無線の研究というときに召集されて、大陸の軍隊奉公は地獄だった。日本の八木アンテナを取り入れて勝った連合軍のシステムのことが、復員してから解って、やっとおれのレーダー研究が始まった。思うにまかせぬ遅れた人生だったが、今は意欲を燃やしている」

「それは良かった」康道は駅への道を歩き出した。

「新分野の話をちょっと友紀さんにしたら、すっと通じた。この人が同志なら、どんなに励みになるか、と思った」

「いつそんな話をしたんだ、二人で」康道は足を止めた。

「彼岸の墓掃除をしていたから、少し手伝って雑談したんだ」

「墓で？」

「たまたま墓だっただけだ。友紀さんは同志だから、粗末にしてもらっては困る」

「こいつは今では外で発言して、カネを稼いで、うちの者を引っ張り回そうとしてる」

「経済力のことは知らんが。この人は、リアリストなのに夢を理解出来る人だ。もっと大事にしろよ」

友紀は胸が熱くなった。男の慈愛を感ずる。苦労を話したことがないのに、わかってくれる兄さん。友紀は頭を下げ、わたしはここでと挨拶し手を振った。大柄な弟より、ひよろりと痩せた兄の方が後姿が大きく見えた。

翌日、友紀は夫に言った。

「おカネを渡さないと妻は育つのですか。なら、わたし、家計簿つけるのも倹約して預金するのもやめます。夫婦は一つ財布で仲良くとどれほど願ったか」

夫は家計のことにはふれず、「兄貴はおまえを口説いたのか」と訊いた。

「兄さんには男女の気持ちはありません。夫に好かれない女房に同情してくれたんです。まるで母のように」

「男がなんで母なんだ？」

「男にも母のような慈愛や慈悲があるのです」

下宿の実収を預金すると月末に夫が全部取りあげる。子供の将来の学資だといって。山の実家の祖父と父は家族に生活費を渡さないばかりか放蕩を重ねた。それに比べればケチンボはましだと思ってきた。でも「自分が育てた」とは何ですか。大姑が康道には何もやりたくねえと言うのも頷けると友紀は思った。もう貯金は渡しません。

大姑は焼け出された次男に一所帯分持たせ、七千円という大金を送金した。その額は広い土地と邸が買える金額だった。顕おじは家屋敷に興味がなく現金で持っていたので戦後のインフレで価値がなくなってしまった。顕裕夫妻は気にせず、使い果たして逝った。康道は小銭も渡さぬしわん坊、人さまざまだ。

「公民館に映画を見に行こう」

夫が珍しいことを言った。お前向きの親鸞の伝記映画だと言われ、友紀は「嬉しい、映画は久しぶり」と応えた。

二人で家を出るなり夫は切符を一枚渡して言った。

「一緒に歩かんでくれ。公民館の辺は学区だから、生徒の親に見られたくない」

康道は大跨で先に行ってしまった。月夜の道を友紀はしぼんだ気分で歩いた。

会場の左側の席に座った。するとすぐに反対側の離れた席に移る彼が見えた。

映画が終わり、外で彼と目が合った。彼はそっぽを向き、反対側の道に出て誰かに挨拶し、妻をおいて去った。

映画でみた親鸞の受難を友紀は噛みしめた。親鸞は三十五歳のとき専修念仏の教えが弾圧され、流刑になり、越後居多ケ浜に着き、居多神社に詣でる。「すえ遠く法を守らせ居多の神、弥陀と衆生のあらんかぎりは」と詠むと、周囲の葦が片葉になったと伝えられる。

烈しい海風のために片葉になったのなら、人間も片葉で生きる人生がある。

親鸞は名を奪われて藤井よしざねという俗名にされ、上越で四年余の流罪暮らしをした。貧しい民と生き、恵信尼と結ばれた。そして北関東に出て布教する。あの苦難を思えば、わたしの苦労など何ほどのことがあろう。でも親鸞聖人には真の同行者がいた。

帰宅すると友紀は夫に言った。「いい映画でした。上人は道連れを得て再起なさった」

「兄貴の冗談を真に受けるじゃないよ。道連れだ、同志だなんて」

友紀は笑い、康道に背を向けた。「その言いかたガキみたい。専介兄さんは人を容姿だけで見ないから、わたし、尊敬しています。同志になって仲良く進みます」

「三人の子の母親であることを忘れるな」

日曜の午後、康道は家でカメラをいじっていた。そこに意外な客、山の村の信用組合長だった石村が「近くまで来たから」と来訪した。

男二人は気まずい顔で対座した。他人には如才ない康道が黙って石村の話を聞いている。

むかし役場におったとき、私は信用組合長も任されていて、友紀くんは私の部下でようく働いてくれました。どこの家も子どもが学校に入ると預金通帳をつくった時代です。春には生徒の家を勧誘にまわって、などありきたりの話をして石村は帰った。

康道がとがめるように言った。

「おまえはあの石村と関係があったのか」

友紀は唖然とした。「あんな大嫌いな上司と、言うに事欠いて」

「本気で怒るところをみると、やはりいい仲だったのだな。あいつは懐かしそうだったに、おまえはよそよそしく見せて」

「あきれた。人は自分の心に中にあることで他人を憶測するといいますね」

「何？」

「わたしには思いもかけない話です。わたしはあなたとおかあさんの噂を聞いても、信じませんでした。でもあなたは変な邪推をする」

康道はそっぽをむき、席を立った。友紀は彼に本気で怒ってもらいたかった。怒ったなら彼を信じた。それがさっと去り、以来その話題にふれない。

石村は友紀が婚家で苦労していると聞き、もと部下を助けたくて来訪したと後に知る。親切な心も義侠心もあるひとだったのだ。あの人の部下だったころのわたしは若かった。石村さんをひどく毛嫌いして悪かったと友紀は思った。

ある時は亭主を叩きのめしたくなり、ある時は可哀そうだと思う。

戦災孤児や欠食児童を援けている先生たちがいる。戦争協力を深く反省している校長先生もいる。そういう人に会うと友紀は胸がじんとする。それを正直に口にした。

「わたし、反省するひとが好き。あなたは立派な先生方と知り合いでしょう」

「反省？　それは自分に言うべき言葉だ。どんどん発言する女はやりきれん」

「まだそんなことを言う男がいるの？もの言う女がもっと出ないといけないね」

その翌日だった。友紀は買い物に寄った小間物屋で初対面の老女に声をかけられた。

「その男のひとは骨格が頑丈、常識人で世間的信用を得ています。が、自分からはもの事をようせない。線が引かれると、人が歩く様子を見てから線の上を歩きます」

「それ、うちの人のことですか」

「そう思いますか」

「わたしは占いとかを信じません」

「占いではない、口からふっと出てしまった」

老女はすっと店から出て行った。

「誰か知らないけれど、よく言い当てました」

十三章　峠

康道に遠くの小学校教頭の辞令が出た。結婚してまる十年、奉職以来はじめての単身赴任である。妻は寝具と生活用具の用意をした。それを見たキミは大手をひろげて叫んだ。

「通勤出来ねえ所へ行くはならん」

セツは新聞の人事移動の欄を示した。「もう公報や新聞に載ったわね」

「アホ、字読めんオラに新聞なんか見せるな」

その夕、康道の帰宅前に人事担当の教頭が来宅した。大姑は玄関に出るなり訴えた。

「わしゃ息子に先立れて孫の康道をば頼りにしてやんす。わしゃ康道に転勤されたら死んでしまいやんす。わしが死んでもいいとは言いますまいな」と悲痛な声でくりかえし言う。

翌日、康道の転勤はとりやめになった。大姑は胸を張った。

「へのかっぱだ、転勤沙汰やみになって良かったじゃねえか。セツ、恩に着ろ」

「泣く子と地頭かね」

キミは不満そうに友紀の耳もとに口を寄せて大声言った。

「コーちゃを別に暮らさして、ヤツが正代を呼び込んだらどうなると思う」

「正代さんはそんな人ではないです。育児と家庭に、一生懸命です」と友紀は言った。

「何でおまんが正代の味方するだ？　男と女はわがらんよ」

康道は転任とりやめが不服そうだった。しかし年寄りが心配で栄転の転勤を断った先生という美談に仕立てられ、ＰＴＡの母親たちの評判が上ったという。

この年の暮れ、「友紀ちゃ、ありが、と、よ」とキミが小声で言った。

お礼を人に一度も言ったことのない人が？

急に老衰が進んだことに友紀は気がついた。セツと康道は息をつめてなりゆきを見ている感じだ。いよいよ報復の時だ、嫁はどう出るか。

声の消えかけた老婆に友紀は梅干粥を食べさせ、北海道の顕裕叔父に電報を打った。

駆けつけた次男を見るなり大姑は涙をうかべた。はじめて見せた「鬼の涙」だった。

「顕裕、死に水たのむ」

安心したのか大姑は眠る時間がふえ、目をあけると、英代に「何かあったら友紀ちゃをたよれよ」と言って眠り、目をあけると「ユキ、タノム」と言ってまた眠った。しもの始末にかくし持っていた布おむつが役に立った。おしめ替えは全て友紀がひき受けた。

一月末の大寒の日、友紀は擦れ声を聞き、大姑の枕元にかけつけた。

「子ども、叱ってくんなんなね」とかすかな声で言った。

「はい！」

母として子に行儀を躾けようとすると、大姑は「叱れば良い子になるってもんじゃねえど」とたしなめ、孫には大甘であった。

「友紀ちゃいるすけ、おれ、なんも、心配しねえ」と擦れ声で言い、目を閉じた。

それが最後の言葉だった。享年八十六歳、死に顔はおだやかだった。

友紀は大姑の古い綿入れ半天を眺め、威張り声と最後の微かな声を反芻した。

十年十ヶ月の山坂共暮らしであった。友紀は大姑の形見の着物二枚をおセツさんに残し、遺品のほとんどを顕裕叔父夫妻に渡した。仏さんの思いが残らぬよう作業を終え、これで胸突き八丁の峠を越えたと思った。

顕裕夫妻は生家に身を寄せた。顕叔父さんが絵筆をとりたいと言うので友紀は近くに古家を借りて迎え入れたのだが。炭鉱で神経衰弱が重くなったと訴え、川の写生のあと発熱し、寝込んでしまった。友紀は高上の奥座敷に床をとった。医師の往診で熱は下がり、伝染病ではないということで英代おばは同室に寝て看護した。

英代おばさんはとめどなく嘆くようになった。頼りにしていたユミさんが空襲で死んでしまった悲しみからはじまって、子がない、養子が決まらない、主人に先立たれたら行き場がないなど訴える。

「どうか此処を自分の家と思ってください」

「すると、主人はやはり危ないかね?」

「しっかりしてください。さあ、おいしいおみおつけ作りましょう」

臥せてから二か月で顕裕叔父は目を落とした。子ども時代はゴン太で手に負えず、軍隊で精神病になったといわれた人が、最後は皺のまぶたを静かに閉じた。遺言はなかった。

英代は肩を震わせて嗚咽した。「一年くらい看護したら思い切れたのに、わたしばなんで置いてった」

内輪の弔いだった。駈け落ちしたため縁者との付き合いを断ってきたので。

英代は一月かけて借家をたたんだ。夫の油絵を借家から大姑の部屋だった六畳に運びながら泣いた。弔いのあと三か月して呼吸困難になり、夫のあとを追うように逝った。

二人のあいつぐ他界は寂しかった。

おセツさんは還暦後は料理に精を出し、さばさばした口調で孫や下宿の若者と話すようになった。その変わりようにみな驚いた。友紀の外出の日は下宿の賄いをこなし、惣菜の味つけ、盛りつけが上手だから、下宿人たちにも喜ばれた。礼を言うと、「ほうびにわしを旅行に連れてっておくれね」と愛らしい声で言う。おセツさんは温泉が大好きだった。

友紀は畑の行き帰りに長男の小学校の教室を覗く。正ちゃんはどんな様子かなと窓から覗くと、長男は目を伏せる。友紀は若い女先生と目が合うと、目礼して去る。

新時代のＰＴＡ活動は活発だ。主婦が堂々と外へ出られる機会だから。

男女の風景は変わりつつあったが、この地のＰＴＡは男が会長、女が副会長のしきたりだった。友紀は副会長に推され、実質会長といわれ、発言の場がひろがった。

ＰＴＡ会費はＰＴＡ自体の研究会や例会、児童の校外福祉、保健施設の充実に使う。役員の遊興、慰労や教員の生活費補助には使わないと決めた。学校施設の補助は、差し迫ったものだけ可と決めた。

新円交換の日に自力で稼ぐことを決意して以来、友紀は「いま不足しているものは何か」を考えていた。「住宅だ。雑草の生えている空き地に良質な家を建てて売る仕事をしよう」

自分が住みたいような間取りを自分で設計し、収納を工夫し、方眼紙の図面をつくった。この夜業は楽しく熱中できた。夜の時間がもっと欲しかった。

知り合いの大工棟領に相談し、青焼き図面が出来た。土地の権利証を探し出し、図面と合わせ、信用組合に持参した。融資係と売り家の価格を相談し、建築資金のつなぎ融資を頼んだ。額が卓につきそうな深いお辞儀をして自分で笑ってしまった。

少し待たされただけで融資が決まった。とんで帰ってセツと康道に「上物を売り、土地は貸し、借地権代は家に入れます」と伝えた。気迫勝ちだった。

工事が始まると、毎日、昼のお茶と漬物、三時のおやつを運び、工程を学ぶ。

雪の来る前に六か月で建物が完成した。自分が住みたい家を売るのは惜しいが、予定どおり売りに出した。即日売れた。宣伝しないのに。

戦後復興の時代、借間の人たちがどれほど持ち家をほしがっているかがわかった。

新築家屋の隣地の持ち主から申し出があった。古家の修繕が大変だから使ってほしいという。するとすぐに知人が「あの古家をこわして小屋を建てさせてほしい」と言ってきた。

「小さな仮小屋です。登記はしませんから」

証書を交わすと、小屋でなく住宅が建った。建て主の上野は「これは小屋だ」と主張し、融資をうけるために建物を登記してしまった。

登記は約束違反だから裁判になった。相手は親戚の弁護士をつけたので、やむなく友紀も弁護士をつけ、登記を抑える措置に出たが、最初に印鑑を押したため敗訴した。

セツは心配し、康道は「自分の播いた種は自分で始末しろ」と言った。

まもなく建て主の上野は並びの家を買って出ることになり、建物を時価で買ってほしいと申し入れてきた。

「主人に相談してみます」

「おまえが仕切っているくせに主人に相談なんてこいて。法に従って買いとってくれ」

上野は上がりがまちに座り込んだ。友紀は急ぎの用足しに出るからと帰ってもらった。そして考えた。あの家を買い取って共同住宅に改築しよう。信用組合の人が下宿しているから融資を頼んでみよう。

信用組合の助言が得られた。四部屋に改築し、会社の寮として貸すことになった。融資がおりたので上野から家を買い取り、親しい工務店に相談して改築した。すぐに家賃が入るようになり、信用組合への返済が始まった。

ほどなく上野が来て脅した。「もうける気でいても、そうはさせねえ」

その夜から嫌がらせが始まった。夜中に缶を叩いて寮の入居者を眠らせなくするのだ。やっかみらしいが理不尽だ。やめるように言ったが、相手は泥酔している。入寮者が抗議すると上野はよけい騒音を立て、壁に石を投げつける。酒乱だからと誰も止めない。

毎晩わめき、石油缶を叩くのに上野の妻は夫をたしなめることさえできず、入寮者は退出してしまった。

家賃が入らなくなった。上野はかさにかかって別な嫌がらせをした。こちらの積雪を出す通路の出口に物置を作ったのだ。屋根の大雪が落ち、つもりにつもった。

一冬、友紀は忍の一字だった。雪がとけるのを待ち、通路にコンクリートを打って雪をとかして溝に流す工事をした。雪運びをせずにすむようになったが工事費がかさんだ。

「なんてしぶとい女だ。亭主を出せ、何が先生だ」とくだを巻く上野に、信用組合の人が「警察に訴える」と言った。上野は「やかましい」と言う。「やかましいのはどっちだ」

上野の妻に道で会うとさっと逃げる。うつむいて隠れる。妻も上野に手を焼いているようだ。

昼間見た上野の顔は土色だった。病人の顔だ。

翌週、上野の妻が駆け込んできた。

「今朝主人が亡くなりました。申しわけないことして奥さん、許してください」

上野の弔いに友紀は協力した。葬式の帰りに上野の親戚の弁護士が頭をさげて言った。「高上さんの奥さんは懐のでっかい人ですねえ。ひどく苦しめられたのに、葬式に協力してくださった。私は上野の夜中の嫌がらせを抑えられず、恥ずかしい、本当に申しわけない」

この時から上野弁護士は友紀の味方になり、このあと同志として活動する。

「高上先生が表に出て騒ぎを止めたなら、上野は酒を控え、早死しなかったかも」と言った人に対し康道は言った。「あの酒乱との悪縁は女房の問題です」

幸ねえさんが脳梗塞で倒れた報せを受け、友紀は病院にかけつけた。ねえさんは半身不随になったが話はできた。

「うちの土地を少し買ってくださらんかね。お願い、急ぎのたのみです」

「わかりました」

友紀は預金と信用組合の借り入れで百二十坪を買った。息子さんが礼を言った。

「経済のゆとりを得て母をこころおきなく看取ることが出来ます」

ねえさんは死ぬきわに涙を流して言った。

「友紀ちゃんはやっぱ助けてくんなしたね。ありがとう」

ねえさんの形見は厚手綸子の銀鼠色の和服だった。それを友紀は外出用の洋装のコートに仕立て直した。はじめてのおしゃれ着だった。

忙しいなか友紀は貧血がつづき、子宮筋腫ということで子宮全摘出手術を受けた。退院した妻の傷をちらりと見た康道は顔をそむけ、背を向けた。友紀は立ちあがって言った。「寝室を別にします。今後あなたは、わたしの部屋に入らないでください」

個室に文机と書棚を置き、寝具を新しくした。伸び伸びした気分になった。

若い下宿人が「病気の兄貴を助けたい」と借金を懇願したので、少額を与えた。部屋代が無いのだと察したのだ。部屋に詫び状があり、彼は戻らなかった。友紀はすぐに新しい人を入れ、落胆しなかった。山の母は泥棒した人を家にかくまい、再起させたことがあった。あの母にわたしは似てきたと思う。


心にとめていた実家の玄をあずかる日がついに来た。戦前に「嗜眠病」と言われた玄の病気は、戦後「日本脳炎」と判り、車椅子の訓練を受けた玄は、車椅子ごとバスに乗って町に出てきた。車椅子で職業訓練校に通い、洋裁技術を身につけるという。和裁を祖母に習ったが、洋服の時代だからテーラーをと。

康道は休日に玄に算数と理科を教えた。その教え方のうまさに玄は感激し、「おじさんは立派な先生だ。優しい先生だ」と言った。友紀も康道の指導が素直に嬉しかった。

玄は車椅子の乗り降りに介助が要る。男手があると助かるから、友紀は康道の腕力に頼った。彼は力を貸してくれた。「玄君は頭がいい、見どころがあるからやるのだ」

玄を一年間預かるつもりが、知り合いのテーラーの店主が自宅で技術を仕込んでくれることになり、四か月で玄を送り出した。

町の人たちの助けに感謝することが多くなり、わたしはこの町の人間になったと友紀は思う。「嫁の泣き柱」と言われた家の芯柱は、「大黒柱」になった。

嫁いだ時には気づかなかった百日紅の苗木が大木に成長し、朱夏の日差しを受けて紅白の花を咲かせていた。

夏休みの朝、康道は古本に紐をかける作業をしていた。荷紐を十文字にかけたが、運ぶと崩れる。それを見ておセツさんは笑顔で叱る。

「何だね、いくつになっても不器用だね」

康道は少年のように首をすくめ、義母にならって紐を横からもかけ、結わえ直した。

「白髪の出た子を叱って、いい気分だねえ」と康道は機嫌よく笑った。「コーちゃは何年たっても手仕事が下手だね」と言う義母の目も笑っている。

こんな何げないことでも笑顔になるのは、二人は性が合うのだと友紀は眺め返した。

片方の肩に和服をかけ、すっと片肩をすべらせて着替えるおセツさん、粋な早わざに見惚れる康道、そんな二人を見慣れてしまった。内股でくっくっと歩くおセツさん、その裾さばきに康道は目を細める。康道を誘って出かけるときのおセツさんは先に立ち、康道が追いついて肩を並べ、何か話しながら行く。二人を見送ると、友紀は本を読む。与謝野晶子の歌集が好きだ。

〈快く諸悪の渦の鳴るを開け　我をば問うは海を問うなり〉の歌に共感する。

十四章　大黒天

空が茜に染まってゆく。黄昏は美しい。人生も黄昏が味わい深いというが、われは雑業に追われて老い往くのか。

友紀は畑で沈みゆく夕陽を眺め、収穫したカンランを背負って夕餉の支度に戻った。背負篭をおろしたとき、玄関の呼び鈴が鳴った。

来訪者は康道の学校の若い教師だった。五年一組担任の鈴木と名乗り、玄関に立ったまま用向きを告げた。自分の受け持ちの男子生徒の祖父が家出し、職員室に来て訴えた。孫には会いたいが家には帰らないと言う。

「嫁さんが叩いていじめると訴えるので、悩みの相談員のお宅にお願いできればと。高上先生に話しましたら、そういう事は家内に言ってくれとのことで」

「高上は困った顔したでしょう」

友紀は笑った。鈴木先生は安堵したように上がりかまちに座った。友紀は煎茶を出し、「そのお嫁さんは何故お爺さんをいじめるのですか」

家庭を訪問して話合ったが、出て行く、出て行けで双方とも「嫌いだ」と言うばかり、別居するしかないと思うと鈴木教師は苦い表情で告げ、話題を変えた。

「お宅のお子さんは何処に出しても恥ずかしくないと聞きました。両親のしつけが良いと」

「いいえ、夫は子どもに話しかけませんし、この母は忙しくてわが子に手がまわりません」

「お宅では鶏と兎の世話をしてから登校するとか」

「わたしらは小学生でも鶏を育てて卵を売って学用品を買いました。中学生が小さい動物の世話をするくらいたいした事ではない、犬と一緒に飼って楽しんでいます」

なおも聞くので実情を話す。家族六人に下宿人八人、十四人の賄いに畑、だから子どもは小さい時から畑を手伝うのが当たり前だった。春は味噌の仕込みや大掃除、秋はたくさんの漬物にマキ割り、冬は雪かきなど子どもと下宿人の手伝いで切り抜けてきた。という多端の話に鈴木先生は主婦の節くれた手を見て言った。「お宅は農家兼業でしたか」

鈴木先生を送り出し、友紀はお勝手に駆け込み、大鍋の野菜シチューを温める。

康道は育児は妻に任せきりだったのに子の学業成績を自慢する。夫が外で飲んでいるとき妻は長男の勉強をみた。覚えのいい長男は弟たちの勉強をみた。母子四人で茶の間で宿題をし、今夜もお父さん遅いねと言って息子三人は六畳に並んで寝た。いまも康道は妻子と話すことは稀だ。子どもを酒買いに走らせるときだけ子どもの部屋をのぞく。

「よそのお父さんお母さんはもっと仲がいいよ」と子らは母に言う。父には言わない。

外での夫の評判は良く、ＰＴＡ役員たちはべた褒めする。けれど康道には親友がいない。友紀は考えた。同僚の先生方や若い鈴木先生たちを家に招こう。

翌晩、鈴木先生が連れて来た岩太老人は小柄で目が小さく、声がくぐもっていた。嫁に「臭い」と叩かれ、「役立たず」と罵られたというが、特に悪臭はない。「かあちゃんが逝ってから息子夫婦に邪魔にされて。息子は工場勤めだがおらあ百姓の子だで、畑や庭の手入れが好きだ。

うちは狭い二間のアパートに五人が顔突合せ、植木鉢すらない」と言うので、「ちょうど人手がほしかったの。畑の見回りお願いしたいわ。栗拾いもね」

個室の空きがないのでしばらく茶の間に屏風を立てて寝てもらうことにした。古い下宿部屋の端が雨漏りして天井が腐ったので、裏の空き地に貸家式アパート六部屋を新築中だった。

岩太さんは指図を待たずに働いた。農作業や家の周りの片付け、夕方の風呂焚きもする。家族と同じ飯台で食事をとり、しまい風呂に入って夜九時半にころりと寝る。初めは居候だからと遠慮がちだったが、月一度小遣いを貰い、「やっぱおれ、うちに帰りたくねえ。あねさまの煮物や煮豆がうまいで置いてもらうね」と言った。

「うちも助かるわ。でも帰りたくなったら言ってね。わたしが息子さんと嫁さんに話してあげるから」

「このえの方がええ、畑も柿も栗もあるすけ」

友紀は新築アパートの周囲に梅、杏、おけさ柿の苗木を植えようと岩太さんと話し合った。岩太さんは子どもたちから「岩太じいじ」と親しまれるようになり、居ついてしまった。孫の下校時に校門で会うのが楽しみらしい。

康道は岩太さんの同居と学校の先生たちとの会食会に反対しなかった。アパート建築の資金繰りには頑として協力せず、少額融資の連帯保証人も拒み、いまだに自分の給与額を隠している夫だったが、友紀は考えた。ケチは康道の流儀で安心な性格とも言える。あの気難しい亭主が家計簿の細かい点検をやめただけでよしと。

康道は同僚を五人連れてきて如才なく取り持ち、快活に話し、民謡「佐渡おけさ」と「オオソソレミヨ」を上手に独唱した。家で聞いたことのない康道の歌に友紀も拍手し、「太っ腹かあちゃん」と言われ、負けずに「新雪」を唄った。灰田勝彦を真似た裏声に大きな拍手、高上先生は困った顔だ。アンコールで友紀は手拍子をたのみ、低い声で「相川音頭」を唄った。夫婦の歌合戦は引き分けだった。鈴木先生から「これからも大黒天と思って頼みますよ」と大げさに言われ、友紀ははしゃいだ。

大黒天とは、もとは憤怒の神だが、外来の恵比寿と合体して大黒さまになり、厨房の神にもなった。と説明されて、「嬉しいわ、大きな袋をかついでいる気分ですよ。次回は鯛をご馳走します」

以来、友紀は家事をしながらのハミングと鼻唄が得手となった。

屈辱と憤怒と忍耐から出発した自前の家計は、他人に助けられてじわじわと伸びていく。井戸と浄化槽を掘り、簡易水洗便所とクローゼット付新式アパートに下宿人四人が移り、古い下宿部屋の修理も進んだ。

畳の上に家具を置かぬよう二尺の板敷きと収納、靴入れと台所とトイレの収納を考えた。方眼紙の図面と説明に工務店社長が感心した。

「女ならではの気のつきかただ。奥さんの収納の考案はプロより優れている。地元の木を使って、しかも無駄にしない経済性も見事だ。うちの企画の相談に乗ってください」

「主婦の考案を黙って盗まず、謝礼をくださるとは。お宅は見どころがありますね」

友紀は社長や棟梁と意気投合し、建築代金をまけてもらった。資金の不足分は完成後に家賃で返済する旨文書を交わし、工事現場にお茶やおやつを運んで工事の手順を学ぶ。

他言不可、守秘義務のあるさまざまな相談を受ける。カネのトラブルや夫婦不仲、家庭内暴力、派閥の対立などの事どもにめげぬ素地は母と祖母から受け継いだのだと思う。

夫の妹佐和さんの体調不良の訴えが続くので電話を引いた。すると電話相談と急な訴えが増えた。寒い夜、公衆電話から酒乱の夫に殺されるという訴えが飛び込んだ。

「助けて！頭から血が、子どもをしょって外へ逃げました。恐ろしくてうちに戻れません」

友紀は場所を訊いて電話ボックスに駆けつけ、手拭で女性の頭の血を抑え、近くのアパートに赤児のミルクとおしめを取りに行った。土間のタタキと下駄の上に茶碗のカケラが散り、大柄な男は目をすえていた。

「何だ、このババアは」

「罪のない赤ん坊にまで乱暴するのは男のくずです。卑劣漢！」と友紀は自分でも驚くような声で言い返した。背伸びして子どもの頭を手でかばい、「奥さん、こんな男は警察に渡して、はやく怪我の手当てをしましょう」

怯える妻の手を引いて家に向かった。大姑そっくりのドスのきいた声を出した自分に苦笑し、歩きながら静かに話した。「酒は気違い水になるから、やめさせるしかない。ほんとうに改心するまで別居するしかないね」

若い妻は泣きながら訴える。出産後半月で実家から戻ると、主人は酔って身体を要求した。まだ無理だと拒むと、髪を引っ張って殴り、犯そうとした。赤ん坊が泣き叫んだので夫は断念したが、その後も酒乱はやまず、今夜は子を背負って逃げようとしたら、茶碗を投げつけられたという。泣きじゃくる母の声に合わせて背中の赤ん坊も泣く。

友紀は勝手口から母子を自分の部屋に通した。起きてきた長男に小声で救急箱を頼んだ。頭の傷の手当てをすませ、粉ミルクを調合して赤児に飲ませ、おしめを換え、静かになったのは明け方だった。別室の康道は朝方、台所に来て妻を叱った。

「うちに連れてくることはない。警察を呼んでその酒乱を引き渡せばいいのだ」

警察を呼ばないでくださいと妻に懇願され、家に匿ってしまったが、いけなかったのか。「また世話焼き業焼きかね」とおセツさんは嘆息した。「おかあさん、協力してください」と友紀は頭をさげた。息子三人は母に味方し、家内の形勢は分があった。

生活相談室長の意見も入れ、夫のアルコール中毒を治すべく病院に入れるまでが一苦労だった。

裏の新築アパートの確認申請がおり、建物登記は土地所有者の夫名義で届け、日曜に内覧会を開いた。四戸は下宿の会社員と教員が予約済みで空室は二戸だけなのに、二十五組が見に来た。友紀は丁寧に説明し、抽選で入居者を決めた。

古家の改修も済み、雪が来た。大忙しの師走、幼子二人を連れた中年男が相談室に来て懇願した。女房が若い男と逃げた。この子らが母親を求めるので女房を連れ戻してほしい、と疲労困憊の態で言い、駆け落ちした妻の隠れ家の住所を渡した。友紀は言った。

「自分で調べたのならそこに乗り込んで、連れ戻せばいいでしょう」

彼は無念そうに子どもの手を引いて立ち上がった。友紀は室長にはかった。室長は男に同情し、「奥さんを説得できるのは高上さんしかいない」と言う。

友紀は汽車で新潟市に行き、市内の木賃アパートを探し出した。若い男があっさりと部屋に通した。男は十八でまだ職がなく、女性の手持ちの金は僅かだと正直に話し、三十代の人妻は押し黙っている。目立たぬ感じの女性と美男系若者の駆け落ち、何か噛み合わぬ感じだから、友紀は男に聞いた。「職もなく、相手を幸せにできますか」

男は無言だ。目には敵意が宿っている。

「奥さん、子どもさんがママは何処行った？ ママはいつ帰るの？ と訊き通しですよ。子どもには罪がない、子は宝です」

女の表情が動いたので、説得を重ね、男には「ママを子どもさんに返してあげてね」と言って妻を連れ帰った。

子どもが喜ぶ顔を見て、友紀はほっとした。室長も喜んでくれた。ところが正月過ぎて駅前で夫のRさんに会ったので挨拶したら、彼は横を向き、逃げるようにホームに去った。戻った妻とうまくいかないのか、結局別れてしまったのだろうか。

裏道のRさんの家の前を通ると表札が別名だった。役所の戸籍係に訊くとすでに住民票はなかった。夫婦の問題は難しいと友紀は心底思った。

春が巡りきた。長男の正勝が東京の国立大学理学部に合格し、一家で喜び合った。泣いて喜んだのはセツおかあさんだった。受験勉強の夜食を作った甲斐があったと。

長男は自分で都内の三畳の貸し間を見つけたという。東京用の布団づくりは友紀とセツの意気が合い、すぐに仕上がった。チッキを出して上京する長男を駅に見送ったのはセツかあさんだった。

その夏、友紀は建築会社から融資を受けた。康道に反対されたが、社長は「あんたは信用できる」と励ましてくれたので単身上京し、古家を探して三日後に買ったのは渋谷近くの二階建て庭付きの物件だった。一階は八畳と四・五畳、台所と風呂場、二階に三部屋が並んでいた。部屋を通らず廊下でつながっていたので、二階三部屋と一階の小部屋を人に貸し、一階の八畳を三人の息子用にと考えた。次男三男が大学に入るまでは長男が友人と同居すれば、五人分の部屋代が入り、借金の返済が進む。

夏休み中に長男が転居し、周旋屋の世話で二学期から四人が入居した。友紀は上京し、長男に事務を引き継いだ。「入居者から部屋代をきちんと貰って全額母に送金し、庭の手入れとゴミの焼却もきちんとしてね。まず火の用心！」

「授業料など月四千円を母から送金する」とメモに記した母に正勝は笑った。

「かあさん、不動産の営業員みたいだよ。使い込んだりしない、信じろよ」

顔は父親似だが、のんびりした息子だから、母は事務の念を押したのだが、言い直した。

「部屋代を集めたら、そこから四千円差し引いて母さんに送ること、不足分は奨学金三千円で。バイトはあまり無理するな、健康第一よ」

その夜は布団に母、座布団に息子、横になるなり眠ってしまった。

翌朝、息子の炊いたご飯と大根の味噌汁、生卵を、ままごとのように小さな座卓で食べながら母は言った。

「どの子も信じているけも、正ちゃんは人一倍純情だから、安易に結婚の約束しなんな」

「かあさんは自分が安易に結婚したからね」

友紀は大きく頷き、「さあ帰らねば。そのうち東京見物に来るよ」

「骨休めに温泉に行くといい」

「暇が出来たらね」

「いまだに暇なし貧乏なんだ」

久しぶりに息子と軽口を叩き、母は桐の駒下駄をはくなり、空っ風のようにスココンスココンと帰った。

兄弟三人が一間で質素な自炊暮らしをすれば、身辺自立ができると母として考え、このときは資産作りは考えていなかった。後にこの土地が高く売れ、友紀の資産の基礎となった。

借金を返済したら次は福祉の家をと友紀は考えていた。初産の助産婦の稲さんが温暖な三浦半島に助産院をつくり、成功したので、その近くに老人ホームをと勧められていた。その庭を花で埋めよう。樹や草花、風のそよぎ、小鳥の声を想う。

「これからは福祉の時代ですね」と役所で話したからだろうか、行政と警察から知恵遅れと言われる女性を託された。児童・青少年でなく老人でなく、重度の病人でないから、施設の空きがない、たのむ、たのむと言われたのだ。

加藤光子さんは四十八歳、色白の美形で三〇代に見える。背はすらり、甘い声、しぐさ可愛いく、男に好かれる感じだ。氏名は正しく言えるが本籍は言えぬ。生地や生家、家族のことは忘れたと言う。経歴を隠しているふうでなく、「知らん、知らん」と首を横に振る。

笑顔はいいが、お使いや掃除洗濯は役に立たず、外をふらつく癖があった。若いとき嫁に貰われたがすぐに婚家をとび出し、旅館のお運びさんになったが勤まらず、いろんな家を転々として、行き場がなくなり、公園で野宿して警察に保護されたとのことだ。

すらりとした立ち姿に一見の訪問者が「奥様」と呼びかけた。彼女は「はい、はい」と軽く応え、友紀に命じた。「お茶」

友紀は小間使いのばあやと思われても気にせず、深いお辞儀をして用向きを訊ねた。男の客は立ったままの光子を見上げ、「高校の娘をお宅の下宿にお願いしたいのです」はい、はいと応える光子さん。正座の友紀は客を見て静かに話す。どちらの高校ですか？T高ならわたくしの母校です。来年三月末になれば一部屋空きます、と話すうちに、客はこちらが奥さんだと判り、困った顔で笑った。

物忘れがひどく、伝えたことを「聞いてない、知らん」と言う光子さんは、岩太さんをしばしば立腹させた。「何ひとつ聞いてない、仕事の邪魔になるから、あっちへ行ってくれないか。きれいな女がいるとうれしいねえ、と自分で言うの、変だよ。」と岩太さん。

友紀はとりなす。「岩太さん、短気おこさず丁寧に芋掘りを教えてやってね」「あねさまのお達しだ、お光さや、はたけ行くかね」

光子さんは芋掘りができた。小芋も残さず背負い籠に入れた。「役に立ってくれてありがとね」と友紀は言った。トマトや茄子やもろこし取りも教えれば出来そうだった。

「きれいな女がいると嬉しいねえ」は光子さんの口癖である。康道も白けた顔をする。「誰かがそう言ったのね」「うん」「それ自分で言わない。綺麗な女の人を見たとき言うの。歩く姿は百合の花と褒めてあげるの、ね」

何度かの注意で彼女は口癖をやめた。光子さんが好きなのは町中の商店だ。友紀は買い物に同伴し、おつりの計算を教える。彼女は可愛い服を着て機嫌よく歩く。けれど時々道でしゃがんでしまう。生理不順だとわかった。

病院に連れていった。更年期障害と高血圧と診断された。

生家の玄の入院と康道の妹の子宮ガン手術が重なり、見舞いや医師との面談があった。下着を洗って届けたり、煮しめを届けたり。用は重なってやってくるものらしい。

光子さんに食後の薬を飲ませ、おセツさんと手分けで食器洗いや明日の米洗いをし、家計簿をつけると眠くなる。働いて熟睡するのが健康のもとだと思っているが、しばしば電話のベルに眠りを中断される。

光子さんも寝つきがよく、その夜もすぐに寝入った。夜半に茶の間の電話が鳴った。友紀は眠い目を開け、受話器をとった。

「迎えに来て」と光子さんの気だるそうな声だ。

「え？　何処にいるの？」

「わからん、どこかわからんから電話してる」

迷子札の電話番号の数字を公衆電話からダイアルすることが出来たと得々と言うのだが、居場所がつかめない。そばに何がある？　何が見える？　訊ねたが、返事がなく通話が切れてしまった。一〇円玉が切れたのかな？

受話器を置いて待ったが、それきり電話は鳴らない。歩ける距離の公衆電話は？　大通りか駅の横か？　友紀は戸外に出てみた。人気のない午前一時だ。みな寝入っている。やむなく警察に電話する。

派出所の巡査に連れられて戻ったのは午前二時半だった。寝巻き姿の光子さんは青ざめた顔で身体をゆすり、便所に駆け込んだ。川端の暗い道を歩いているところを見つけたという巡査に友紀は頭をさげた。康道が起きてきた。友紀は力がぬけ、めまいがした。

久しぶりに友紀は発熱の風邪で床についた。光子さんはしょんぼりと「センセに怒られた」と告げた。岩太さんと光子さんは康道をセンセイと呼ぶ。

「光子さんが夜中にひとりで外へ行ったから、センセイは心配したのよ」

光子さんは唐突に「はたけイヤ、ヤダよ」と声を高めた。

「疲れる、働くのイヤ、キライと言える光子さんはエライね」

おセツさんが食事つくりをしてくれる、力仕事は岩太さんが担ってくれる。むかしと大違いだけれど、元締めの段取りは友紀を必要とした。

康道が枕元にきて言った。「加減はどうだ?」

初めてのいたわりの言葉に友紀はおどろいた。

寒い朝、光子さんは便所の前で倒れていた。すぐ近くの内科医師が往診に来て、心不全ということで公立病院に運び、六人部屋に入院できた。

市の職員が光子さんの弟を探し出した。親はなく、弟夫婦が長岡近くのアパートにいるというので友紀は訪ねた。

弟は「とうに縁を切った」と言い、病院への見舞いも懸命に拒む。友紀は「わかりました」と言って辞し、光子さんと一生同居する決意をした。

光子さんは転院した病院で五か月後に息を引きとった。きれいな死に顔だった。生前大好きだった紅い花模様のワンピースを胸にのせ、長い髪を束ね、外出用のベレー帽をかぶせて友紀は泣いた。跳ねるような足取りでお使いや買い物について来た姿がよみがえる。光ちゃんはゆとりのある家に引取られたら幸せだったのに、ごめんね。

光子さんの遊びの相手をする間がないのに、義侠心と己惚れで引き受けてしまった、気配りが足りなかったと自責する友紀をおセツさんが慰めた。

「寿命だと思いなさい。友紀ちゃはお風呂も一緒に入って洗ってやって、可愛い服着せて、よく面倒みたよ」

引取り手のない遺骨を友紀は家の仏前台に置き、弔いをした。

晩秋の日曜に珍しい客が来た。父方親戚のカクちゃんだった。客間でカクちゃんは同伴の優男を仕事の協力者だと紹介した。

「有料老人福祉施設をつくるのが今度の仕事なの」

カクちゃんは十八で横浜に出て結婚し、夫に先立たれ、マーケットを経営し、三つの支店をもったと聞いていたので、マーケットは？と友紀は訊ねた。

「マーケットは十年で倒産したの。どん底だったわ。事務員や酒場の雇われママをして、二人の子を仕上げたの。臥薪嘗胆七年、で、協力者が現れたの」

カクちゃんはきはき話し、声を改めた。

「これからは福祉が事業になるの」

資金調達はこの人が、と彼を感謝のまなざしで見る。薄もえぎのスーツにクリーム色のスカーフ、真珠のスカーフ留めが垢抜けている。若いときの姐ご肌の気風は変らないようだ。可愛い顔は五十代半ばに見えず、苦労の陰がない。

カクちゃんは優男の連れを帰し、泊った。在宅の康道は彼女と酒を飲んだ。「女七転び八起き」の話を聞きながら日本酒を彼女の杯につぐ。台所から座に戻った友紀に彼女は言う。

「お宅の旦那さんが大酒で倒れてヨイヨイになったら、うちのホームに寄越してね」

「冗談言わないで」

「それが友紀ちゃんの運命かも」

笑顔でずけずけ言うカクちゃんに康道は微笑を消した。

カクちゃんは二人の子を福祉事業の専門家にする予定だと話し、「あたしと一緒に倒産の苦労をしたから親孝行なの」

声をつまらせたカクちゃんを励ますように友紀は言った。

「うちの子も福祉の道に進んでくれるといいな」

「親の考えを子に押しつけるじゃない」康道が言った。

カクちゃんが首をすくめ、「ごめんなさい。つい親孝行の自慢しちゃって」

「お宅の子は自分の意志だと思うが、うちはまだ勉学修行中だ。上のは理学部で学問をしてる、二番目は司法試験をめざしている、末っ子も進路は自分で決めると言っている。親は自分の希望を押しつけるべきではない。母親の独裁はいかん」

康道はカクちゃんに「うちのは突然ノミみたく跳ねるから、煽らんでくれ、お先に」と言って座を立った。友紀は言った。

「外面いい人が、怒ったよ。彼は施設が大嫌いなの」

「座をはずしてくれたのよ。やっと友紀ちゃんと女同士の話ができる」

カクちゃんは話し継いだ。

「わたし、女社長として男どもに持ち上げられて、マーケットでは大胆な経営をしたの。世間知らずの後家の頑張りで、中小企業だから、わたし働いた、働いた。三店舗になって店長に任せたら、赤字になって、経営危機を経理担当がごまかして、倒産寸前に逃げてしまった。わたしは従業員にお詫びして、退職金の工面に苦労して、破産宣告よ。逃げた経理の男は小利巧な女と組んで立派そうにしてるんだって。許せないよ」

「今度は成功してね」

「わたしゃ辛抱働きはイヤ。いばる男は女の辛抱を歓迎するでしょ。そんなの魅力ないよ。

お宅は夫婦どっちも辛抱組みかな。福祉事業は、あの旦那がいては無理よ。我慢してる亭主の顔なんか見たくない」

「我慢してる男？　わたしの方がケチンボに泣いたのよ」

「女房に頭が上がらんからキッとなって、独裁だなんていきまくのよ」

「あの人は他人が好き、家庭より外が好き。この世で女房だけは大嫌い、美人でないから見たくないんだって。見なくて結構」

「あの旦那は妻に看取ってもらう気でいる、困るね」

「あの人、おれは百まで生きるといつも言っているわ」

「仲の悪い夫婦のためにも老後のホームが必要なのです、ネ」

友紀は笑った。「今夜はケチンボの悪口が言えてせいせいした」

「男は女の容姿を言っちゃダメ、男がすたる」

カクちゃんは気勢をあげる。「女は底力《そこぢから》」

十五章　よろこび

柿の実の当たり年だった。しなった枝から大きな渋柿を落とし、半分を日本酒でさわし、半分は皮を剥いて干し柿にする。友紀は柿の皮むきを終え、不意にどっと出る更年期の汗を拭い、コートを着て里子との対面に駆けつけた。

心の底で温め続けた約束が成就すると思うと胸がときとき鳴った。

四人目の子の出産を断念させられたとき、「息子たちが育ちあがったら親のない女の子を育てさせてください」と夫と姑に言い、約束を得た。友紀は約束を忘れることなく親のない子の施設・花里寮を訪問支援し、寮長夫妻と親交を結んできた。

申込者はまず寮が推薦する子を一泊二日あずかる。誰が当たるか対面するまでわからない。目の前でお辞儀をした細身の少女に友紀は見惚れた。

「五年生の酒井実奈子です」

寮母から封書を受け取り、少女を伴う。背丈は友紀より少し高く、歩幅大きく、ゆっくりと歩く。友紀は背筋を伸ばして歩調を合わせた。

帰宅後、自室で封書を開いた。《酒井実奈子　母は夫に先立たれ、二年後に二人の女児を連れて再婚、再婚先で実奈子を生んだ。母は実奈子が三歳のとき病気で死去。父の違う二人の姉は母の実家に引き取られ、実奈子は父と暮らす。父は再婚せず、父子家庭で育児をし、実奈子が小学四年生の四月、交通事故で死亡。

実奈子は亡母の実家に行くも夕方になると庭で泣き、なじまぬので叔母（母の妹）が引き取った。叔母は経済的に養育不可能のため九月に花里寮に預けた。

寮での一年三カ月間は泣くことなく、寮母、寮生と協調し、問題行動なし》

この子は珠子の生まれかわり、乳を吸いながら息を引き取った珠子が来てくれたのだと友紀は思いたかった。夕食の食卓に加わった実奈子は好き嫌いなく行儀よく、康道も一目で気に入ったようだ。

友紀は実奈子と並んで寝た。生い立ちは聞かず、将来の希望を訊く。

「おとなになったら？　わたし、いいお母さんになりたい」

彼女は進学や職業のことはまだ考えていないようだった。

あっというまの一泊二日だった。このまま手元におきたいと思いながら花里寮に帰した。別れるとき実奈子はこちらの気持ちを察したように「お母さんの子になりたいな」と言った。

三日後、手紙がきた。書き取りのような鉛筆の楷書で〈大人になったら高上のおかあさんのように子供を三人育てたいです。実奈子〉と記されていた。〈おいそがしいおかあさん、汗をたくさん流していたおかあさん、熱が出たのか心配でした。おからだ大切にしてください。〉と添え書きがあった。

あの子はわたしが汗をたびたび拭くのを心配そうに見ていた。更年期の発汗だと教える間のない一晩泊りであったが、嬉しい出会いだった。でも「将来は良い親になりたい」とは？

その夜、友紀は花里寮長の自宅を訪ね、興奮した声で告げた。

「先生、この手紙を見てください。わたしは女の子を亡くしたので、実奈子ちゃんが身がわりのように思えます。嬉しいです」

「おれも嬉しい。実子のない人や農家の働き手が欲しい、そういう人が里子を引き取ることが多いけれも、お宅は実の子が三人もいながら、血縁でない子を育てたいという。実の子のように育てたいと。それこそが私の希望だ」

あわただしく年末年始の家事をこなして正月が明けた。寒い二月末の夜、寮長が雪道を訪ねてきて改まって述べた。

「花里寮一番の看板娘を頼みたい。六年生の美里という子で、とびきりの別嬪だ」

先客がいたので友紀は「寮長さんにおまかせします」と応えた。

翌夕、寮長に付き添われて美里という六年生が来宅した。紺スウェーターに紺ズボンの普段着だが、長身の美少女だ。よく通るアルトの声で挨拶した。

寮長が去るなり美里は台所を覗き、「お手伝いします」と言った。夕餉が遅れていたから前掛けを貸し、下宿のお膳運びを頼んだ。粗相なく運び終え、家族の煮しめの盛り付けを手伝う。

「お箸さばきが上手ねえ」

「お父さんが料理屋の板前だったから、似たのかな」と美里は笑顔で言った。

四年前に父と母を相次いで亡くしたというが、それには触れず、てきぱきと丸い座卓に皿や茶碗を運ぶ。

帰宅した康道とおセツさんに美里はきちんと正座して挨拶した。揃っての食事に慣れているらしく、ご飯のおかわりをさっと自分でつけた。

台所に食器を下げる美里の後姿を見て康道が小声で言った。

「いい子だ。あの子を預かろう」

翌土曜の午後、東京から美里の姉が挨拶に来た。垢抜けたスーツ姿は西洋人のようで美里とよく似ている。

「頼りにする親戚もございません。美里を貰っていただけませんでしょうか」

「早々お勝手を手伝ってもらいまして」と友紀は笑顔で言った。

「家族のない者はお客扱いされないことが嬉しいのです」

姉は洋装店の勤めがあるからと泊らずに帰った。

翌週には県の認可が正式におり、中学の新学期から同居と決まった。友紀は実奈子を気にしながら美里の勉強机を家具屋に頼み、新しい寝具を用意した。そこに寮長から電話が入った。

「困ったことになった。実奈子が抗議にきて、高上さんは私を貰ってくれると約束したのに、と泣いている」

「そうです。わたし約束しました。あの子を裏切ってはいけない、実奈ちゃんも貰います。すぐに迎えに行きます」

友紀は「すぐに」と強く言った。美里の気持ちや寮の都合もあるから待ってほしいと寮長は言った。四月一日、美里が単身でやってきた。

康道は目を細め、自分から美里に話しかけた。おセツさんはひっそりと美里の長身を見上げた。セツは横顔に美女の残影を残しているが、七十歳過ぎてから白髪と皺が増え、背が縮み、ときどき寂しげな目をする。可愛がっていた末孫の瑛勝が福祉を志望して東京の大学に進み、家を出ていく、それがたまらなく寂しいらしい。

長男は大学院、次男は大学だ。二人とも女子学生と交際しているようだ。次男は私大の法学部で学生運動をしているので、セクトや武闘に巻き込まれぬよう諭したり、かげで救援したり。で、母は時々上京した。女性グループ平和部会の仲間はもっと激しく闘っている。子も母も時代を生きている。

次男は弁護士を志望している。母は三男の将来にいちばん心を寄せているが、表面は淡白だ。嫁時代の体験から「母親は男の子にべたつかないこと」と心に決めているからだ。

三男瑛勝の歓送夕食会のとき、美里は瑛勝の横顔を眩しげに眺め、「大学か、いいなあ」と言った。「美里ちゃんも勉強すれば大学へいけるよ」

友紀が励ますと美里は目を輝かせた。瑛勝は誰もが褒める若者だ。小さいときおセツさんが「この子はえもいえぬ魅力がある」と言ったとおりに成長した。やがてこの若い二人は交際するかもしれない。それは自然なことだと友紀は思った。

一九六八年四月初め、桃の蕾がふくらむ庭で、家族の記念写真を撮り、瑛勝は出立した。

美里は地元の公立中学に通い始めた。バレーボール部に入り、夕暮れまで練習し、帰宅するとすぐ手を洗って夕食の支度を手伝う。手づくりコロッケが大好きで作る手際が器用だった。下宿、逗留人がいるから毎回六〇個以上つくる。大量の馬鈴薯を蒸して薄皮を剥き、つぶさねばならぬ。挽肉、玉葱、人参、時には芽ひじきをまぜ、俵型にまとめ、パン粉をまぶす。

「一人でたくさん揚げると油に酔うけも、美里ちゃんのお手伝いで楽しくできるわ」

「わたし、いろんなお料理が習いたい」

「じゃ、のっぺの秘伝を教えようかね」

美里は裁縫も得意だからブラウス用の綿生地を買い与えた。

「何でも器用ねえ、天才じゃないの」

「お父さんが器用だったの。料理屋の子で板長も出来て、絵が上手だった」

美里の声は淡々としている。天才肌の父親似だと自分で言うが、飽きっぽく、布を服に仕上げる努力をしない。自分の好きな服地なら仕上げるかと生地屋に連れていき、選ばせた。最高のシャークスキンの布地にそっとふれ、見つめ、それ以外は見向きもしない。淡いブルーに藤色の影がさしたような布に友紀も見惚れた。

「これ買おうかねえ」

「え？　本当？」

顔を見合わせて笑い、高価な布を求めた。美里はさっそくワンピースの型紙をとり、裁断したが、縫いかけて放ってしまった。

「なぜ仕上げないの？」

「もうすぐ試験だから、済んだら縫います。世話やかないで」

試験が済んでも縫いあげない。美里は繰り返しが嫌いで、くどく言うと、きっとした目をする。「わかってる」と言うけれど完成しなかった。

湯槽や洗い場に髪の毛を残したり、湯の蛇口がきちんと締まっていなかったり。だから入浴マナーと風呂の清掃をしつけた。これは出来るようになった。

悪筆だから近所の書道教室をすすめた。彼女は拒んだ。通信教育なら習うと言うので、毛筆習字の教材をとり寄せた。するとみるみる上達し、見事な字になった。康道は感心しておおいに褒めた。

身長は一六六センチに伸び、バレーボールの一流選手をめざしているから、将来の選手活動のために貯金代として友紀は月千円を渡す。

「寮のお小遣いは百円だったから嬉しい」

大喜びした美里は千円すべてアイスクリーム代に使ってしまった。

実の息子たちの小遣いは月三百円だった。三男が高三のとき値上げを要求し、やっと五百円にした。この高上の家の方針を伝え、千円は将来のために大切にするよう友紀は言いきかせた。

「おかあさんが将来のために月千円を別に積み立ててあげる。美里ちゃんは毎月の千円から自分で出来るだけ貯金しなさいね」

二度言うと聞かないから友紀は任せた。

美里は買い食いをやめ、貯金通帳を康道おとうさんにも見せた。妻には徹底的にケチん坊の康道が、美里への二千円には文句をまったく言わなかった。

「美里ちゃんがいるとお父さんの顔、なごやかねえ」

「よそへ嫁にやりたくないな」

「わたし、実奈子ちゃんも引き取ります」

「そうか、あの子も好い子だった」

友紀は花里寮を訪ねた。実奈子は隣町の実力者に乞われ、その豪邸に引き取られたという。寮の都合とはいえ先に約束したのに。

「わたしは実奈ちゃんが気になってしかたありません」と友紀は寮長に言った。

寮を出るとき友紀はガラス戸越しに見つめる子らが気になったが、俯いて去った。

美里は家つき娘のように家族や下宿人と親しみ、おセツさんからお作法を習った。学業成績は上位を保ち、中三の夏には難関高校への志望が決まった。

そのころ実奈子が花里寮に戻ったことを友紀は知った。すぐ寮長に電話した。

「うちに引き取らせてください」

「実奈子は中学を卒えたら理容師になって独立すると言ってえる」

寮長が実奈子に希望を再度問うたところ、高上さんには行かないと言ったという。

「おれがいけなかった。他から実奈子をと熱心に頼まれて、つい」

「私もいけなかった。実奈ちゃんと約束したのに寮長さんにおまかせしますと言ってしまった。わたしはいい顔をして実奈ちゃんを裏切ったことになったのです」

友紀は思う。実奈ちゃんの本心は私とこに来たいのではないか。

美里は志望の難関高校に合格した。合格祝いの席で友紀は言った。

「美里ちゃん、妹がいた方がいいと思うの。あなたが実奈子ちゃんと暮らすの嫌でなかったら、連れてきてもらいたいの」

美里は思案顔でうつむいた。

「美里ちゃんがどうしても嫌ならこの話なかったことにする、けど」

美里は春休みに実奈子を連れに行った。寮の火災で寮生は衣服や学用品すべてを失っていた。

美里に伴われてやって来た実奈子に友紀は目で詫びた。

着たきり雀の実奈子のために服や学用品を揃えた。美里とほぼ同じ値段のものを買い、二段ベッドを入れ、窓側に机を二つ並べた。

二人はうまくいかなかった。実奈子は机に座わる習慣が身についておらず、美里の高校は宿題が多いから、「実奈ちゃんと一緒だと勉強ができない」と美里は訴える。

下宿部屋が一間空いたので実奈子をそこに移し、友紀は夜一時間ほど勉強をみた。実奈子の成績は上がり、机に座るようになった。二人はしぜんに仲直りした。

実奈子は何よりもこころ根がよかった。裕福な家の里子になって大事にされたのに、みずから寮に戻り、三年後に結ばれた有縁の子だ。この縁を生涯大事にしようと友紀は思う。

実奈子は美里を立て、姉妹のように入浴し、美里の料理を見習う。友紀は美しい娘二人を連れて外出するとき、両手に花とはこの事だと思う。近所の人に「二人ともほんにお綺麗」「可愛い御嬢さんですねえ」と言われると友紀は笑みくずれる。

友紀は更年期の体調不順が嘘のように治まり、市の「悩みの相談」にも身を入れた。お金や家庭内暴力や離婚、交通事故や火災など、問題は切れ目なく続く。

若い親の虐待で二歳の女児が痣だらけだから一刻を争うと判断し、児童相談所に保護を掛け合うあいだ自宅に預かった。康道は文句を言わず、「ご苦労」と言った。あーちゃんと泣く子を実奈子が背負って涙ぐんだ。

「こんなに傷だらけにされても、子どもはあーちゃんというのね」

閉ざされた家庭内の危機を救うのは難しい。

下宿の人たちのおかげで嫁奴隷のわたしは救われ、今は実奈ちゃん、美里ちゃんに助けられている。この里子たちのおかげで実子離れが楽にできた、息子たちもさっと母離れした。

実奈子に縁談がつぎつぎ舞い込むようになった。旧家の長男三人と寺の息子から見合い写真が届き、親が頼みにきた。「まだ高校二年ですから結婚は考えていません」と話したが、地続きアパートに入居中の教員は引き下がらなかった。身長一五五センチの細身に浴衣を着て黒髪をさげた日本人形のような実奈子を見て、彼は燃え上がってしまったようだ。実奈子の高校卒業を待って結婚したいと友紀にも本人にも言った。

実奈子は自室に隠れてしまった。裏のアパートの前の道を避け、持ち込まれる他の見合い写真も見ようとせず、意外な強さで言った。

「結婚なんて考えたことないのに、嫌です」

「そうだね、申し込まれたからって、行かんならん義理はない。断わっておくね」

隠れなくていいと友紀は言いきかせたが、下宿の先生の面子をつぶさずに断わるのは楽でなかった。

町でも付け文をされ、同年生からもラブレターが届く。「好かれるのは悪いことではない、おおらかに」と友紀は言いながら内心心配した。

美里には見合い写真や縁談は来ない。バレーボールの強化練習で遅く帰宅する日が続く。そんな美里がぽつりと言った。

「大会で会った大学生が結婚しようって言うの」

「まだ早いよ、よく考えてね、大学受験もあるしね」

友紀は頼むような口調になった。

高校三年の夏休みに美里は達筆を見込まれて会社のアルバイトにと請われた。

「バイトより大学受験の準備をしなさい」

助言を振り切るように美里は働きに出た。駆け足の夏休みだった。二学期の初日に美里は
「わたしは高卒で就職します」と強い口調で言った。

「学費は出す、というおかあちゃんの希望を蹴るの？」

「わたし早く働きたいの」

「先のことを考えてね。どうしても勤めるというのなら、長くきちんと勤めてね」

すぐ飽きて辞めたりしないと美里は断言した。

翌春、自分で見つけた市内の流通会社に就職し、弁当もちで勤務し、給与は貯金した。

堅実な歩みだと思っていた年末、上司と喧嘩し、姉のもとに出奔してしまった。

友紀は東京の姉に連絡し、急ぎ上京した。美里は悪びれず「課長が変な目をしたから辞めた、正当防衛だ」と主張する。

「長く勤めるというおかあさんとの約束を破ったから、戻れません、戻りません」

東京に詳しい知人に友紀は美里の就職を頼んだ。ほどなく銀座の高級ブティックに採用が決まった。面接と履歴書だけで決まったということで、本人も姉も喜んだ。

半年後、美里が高上の家に帰省したとき、友紀は目を見張った。

「あのシャークスキンの生地じゃないの」

「このシンプルワンピー似合うでしょ。遅くなったけどちゃんと自分で仕上げたよ」

「忘れなかったのね」

「お里があって嬉しいな」

美里は伸びをした。「あたし、背が一七二センチだからモデルになるの」

バレーボール大会で知り合った大学生と婚約したので彼のいる東京に住みたいのだが、先ずモデルの修行をする、パリに勉強に行くかもしれないと話した。

実奈子も自分で市内の食品会社を見つけて働いている。

美弥姉が時々来訪し、「この家には何とも綺麗な娘がおる。あの子をどうしても嫁に世話したい」と言っていたのが、実奈子の成人式のあと、甥の嫁にと言ってきた。

美弥姉はいまでは高上の家の顔役である。おセッさんが「美弥ちゃはおもしろい、招んでおくれ」と言う。美弥姉はやって来ると我が家のように足を投げ出し、寝転がり、みなを笑わせる。康道も義母の気に入りの美弥姉には一目おいている。

美弥姉は「実奈子はおれにまかせてくれ」と言い、甥の健二との縁談を勧めに来た。健二は茅乃姉の次男で固い公務員だ。願ってもない良縁だ、実奈子が甥と結婚すれば生涯身内でいられると友紀は思う。

実奈子は東京の異父姉の家に招ばれ、一週間休暇をとって上京した。帰宅するとすぐ父違いの姉が来訪し、すぐに実奈子を引き取りたいと言う。個人経営の会社を営み、豊かになったので妹を引き取るというのだが、友紀は何か気に入らない。

実奈子は姉が帰るなり言った。

「東京のお姉さんの家に行くといい事ないような気がする。わたし、お義兄さんという人が嫌なの。変なことが起こりそう。下宿代を入れますから、どうかここに置いてください」

賢い子だと友紀は思った。彼女の独立心のために生活費を入れてもらうことにした。

実奈子には人も羨む縁談がなおも続く。天から降るようだが、友紀はどの話もことわり、甥の健二の来訪を待った。

美弥姉から見合いの日取りが知らされた。その日、実奈子が正座して言った。

「わたし、職場の人と結婚します」

友紀は逆上した。職場で婚約した相手は米作農家の長男だというから、友紀は強い声で言い返した。ダメ、ダメ、ダメよ！

「農家の長男と百姓するなんて。百姓はきついよ。実奈子ちゃんのような華奢な子は米作りは勤まらないから。その人とはすぐに手を切りなさい」

実奈子は驚いた目であとずさり、「わかりました」と小声で言った。

「手を切ると約束してくれるね」

友紀は自分の剣幕に気がついたが、実奈子を抑えつけた。養親のエゴだろうと、譲れない、この子の幸せのためだ。

甥と実奈子の見合いの日が近づいた、その日、友紀は来宅した農家の人と茶の間で何気ない雑談をした。

「いまの農家は組合に加入して、人出も資金も回してもらえるってね。わたしらの時代の百姓とはずいぶん様変わりしたってね」

その話をそばで聞いていた実奈子は断念した相手のもとに走った。

「わたし、農家にいきます。稲や野菜や花が好きだから。米作りも辛いと言いません。農業はわたしの性に合うと思う。わたし、はっきりと婚約しました」

実奈子が決意を告げるとすぐに相手の青年が正式に申し込みにきた。田中一義ですと名乗り、丁重に頭をさげた。若い夫婦で力を合わせて農業を再建したい。新しい農業方式に両親は協力的だと話した。

「近くだから、おかあちゃんと行き来できます。わたしが作るお米や花を届けたり、高上のうちが忙しいときは手伝いに来ますから」

実奈子と田中青年は懸命だ。友紀は心を動かされた。

「この子を幸せにしてください。母親のわたしとも約束してください」

康道は重い表情で事後承諾した。

「実奈ちゃんはわたしの願いで授かった子ですから、出来るだけのことをします」

友紀は桐箪笥の本場、加茂に総桐三つ重ね箪笥を特注し、婚礼用の振り袖、付け下げ、絵羽織は西陣から呉服ものを運んでくる女性に頼んだ。自称行商人だが高級和服反物と名古屋の上質服地を持ってくるマミさんは上品で見立ての才があった。

マミさんは背負ってきた京反物を振袖、訪問着のように絵柄や刺繍を合わせて見せた。おセツさんも見立てに加わった。渋い紬は少しだけ見せた。友紀は絵柄や織の美しさに息をのみ、おセツさんは正絹の重さを量るように掌に乗せる。

マミさんとおセツさんの助言に従い、実奈子は一越ちりめんの藤色の付け下げを選んだ。友紀はおセツさんに紬を勧めた。

「わたしが払います、値段は気にしないで」

セツは素直に喜び、青銀無地の駒綸子と裾回しを自分で選んだ。

婚礼支度を見た美弥姉はそっけなく言った。

「見栄張るなよ。人の着物より自分のを買いな」

「親のない子にひけめを感じさせたくない、実の子より良いものを持たせてやりたい。美里にもお餞別を思い切りはずんだよ」

「一人で弾んでるみたいな。可愛い娘を奪われただに、にこにこして幸せなヤツだなあ」

実奈子に和服の着付けを教え、友紀は言う。「着物を箪笥の肥やしにしなんなよ」

「子どもの七五三や入学式に着るね」

「また親になることを夢みて、おかしな子だ」

結婚式には、康道が父親兼親戚代表として挨拶した。彼は挨拶と講話の名手だから、「実は里親でして」と飾らず自己紹介した。自分の意志で実奈子を引き取ったように照れながら言い、新婦の心根のよさと自分の意志を貫いた賢さを率直に褒め、料理の腕前、特に伝統食「のっぺ」の味付けを褒め、最後に、新しい農業を目指す新郎新婦の門出を声を高めて祝福した。愛娘を送り出す父親の淋しさをにじませ、皆の胸をじんとさせて。うまいなあと友紀は思った。友紀は夫に負けず良い話が出来るのだが、婚礼での妻の出番はなかった。

実奈子を送り出した家の中は明かりが消えたようだった。

夫が「淋しいな」と言った。妻は「ほんとに」と心底相槌を打った。

十六章

うさぎの登り坂

細い目が鋭く光り、「放っといて！」という口調がきつい。

中二の問題児をたのむと地元中学の教頭から言われ、「これも縁だ」と思って預かったのだが。下校するなり部屋にこもってしまい、ドアをノックしても返事をしない。寝具を新調して迎えた親心が足蹴にされたようだ。

「おかあさんと呼んでね」と夕食のとき友紀は言った。

「親じゃないもん。高上さんでいいじゃん」

「おとうさんもおばあちゃんも高上だから」

静枝は黙って自分の部屋に引き揚げた。友紀はドアをノックし、大きな声で言った。

「自分の食器は自分で洗ってね」

静枝は台所に来て自分の食器だけ洗い、さっと消えた。おセツさんがため息まじりに言った。

「わざと可愛がられまいとしているような子だ。なんで預かったの？」

八歳で母を亡くし、父が再婚すると二人の兄と家を出て三人でアパート暮らしをしたという自立派だが、中一の暮れから盛り場で遊び始め、中二の夏に警察に補導された。

「問題児だというから私は引き受けたんです」

「いただきました、おやすみなさいの一言もない、嫌な子だ」とおセツさんは言う。

友紀は根気よく自分の方から挨拶した。一月ほどして「行ってきます」だけ言うようになった。登校下校に気を配っていたが、三月後に知人から報せが入った。

「お宅の子、学校に行かずに昼間から盛場で遊んでますよ」

その夜、友紀が問い質そうと部屋をノックした時には静枝は消えていた。

友紀は心配で眠れなかった。電話連絡が入ったのは零時半、警察からだった。パトロール中の警官がアパートの二階の窓から少年二人が放尿しているのを見つけ、酒盛り中の中学生男女七人を補導した。静枝は泥酔しているという。

友紀は警察本署に行き、「夜、家を抜け出すことはもうさせません、今後気をつけます」と約束して静枝を引き取り、腕を組んで連れ帰った。

茶の間で酔いざましの水を飲ませ、布団を並べて敷いた。

「今後個室はやめておかあさんと並んで寝ること。家を出るときは必ず行き先を告げること、それを守らないと警察に戻すしかない」

静枝は黙って横に寝た。朝は定刻に起こした。二日酔いらしく朝食は食べず、お茶だけ飲んで登校した。友紀は静枝の部屋の掃除にかかった。押入は酒臭く、奥に大壜ビール三本と安ウイスキー壜一本が入っていた。ビールは台所の上げ蓋の下から持ち出したものらしい。

その夜、友紀は彼女に酒害を説いた。「二十歳前のお酒は罰せられること知っているね。絶対やめると約束してね」

厳冬の夜中に静枝はまた家をぬけ出そうとした。友紀は勝手口で捕らえ、腕を引いて連れ戻した。「痛い、手が抜けちまうよ」と静枝は男のような低い声で言い、コートを投げ捨てるように脱いだ。新品らしい赤いスェーターに紫のスカーフだった。

「きちんと話をつけよう」

友紀も低い声だ。静枝は横を向いた。

「静枝ちゃんは、本当に改心したならば強い人間になれる。わたしはそう信じて引き取った。万引きもやめたし、お酒もやめたと思った。静枝ちゃんはわかってくれる、と信じたけも、また踏みにじられた。わたし、もう疲れた」

一人前の人間として真剣に話したが。静枝は聞いていないような顔だ。友紀は我慢ならぬと思った。

健康に気を配り、この子の高校進学の費用を貯金している自分が情けなくなった。

「あなたとは今夜かぎりで別れよう」

静枝はわっと泣いて伏せた。

兄たちは九州に働きに行ったというが連絡がとれず、父とは会いたくないという静枝に友紀は同情している。寂しくて、人が好くて、不良仲間の誘いを拒否できず、心が揺れて不良のたまり場に行ってしまうのだろう。この子は番長タイプではないから、早く手を切らないと傷つき、後悔すると思う。

康道校長は定年退職後、妻の推薦で民生委員になったので、静枝の保護に協力すると言ってくれた。ありがたい、お願いしますね。

静枝は定刻どおり下校するようになった。友紀は一息ついた。気心が知れたのか、静枝は「あたし、看護婦になりたい」と言った。友紀は助言した。

「高校を出て看護学校に行くと正看になれる、準看より正看のほうがいいと思うよ」

静枝はうなずき、目標ができたと言った。その直後に男から電話がかかるようになった。友紀が受話器をとるとすぐ切れる電話が続いた。

静枝はまた警察にあげられた。後輩の少女が盛り場で補導され、静枝たちの新しいアジトを告げたという。

友紀が警察に貰い下げに行ったときにはすでに学校に通報されていた。

友紀は怒った。「おかあちゃんを騙した、天罰がくだると言ったのに騙した」

「貰い下げなんて、お古じゃねえよ。あんた、バアちゃんと話していたね、静枝は可愛げがない、好きになれない。ミナちゃんと大違いだねと言ってた」

実奈子が花を届けに来て、台所の掃除をしてくれた、それが嬉しくておセツさんと話したことがあった。あの会話を聞いたのだ。

「実奈ちゃんは八年間の余一緒に暮らして、実の子と同じ、可愛い。それは本当だけも、静枝ちゃんと比較したのは悪かった。人はみな違うのだから比較しちゃならんね」

日曜の朝、静枝はS先生の引率で長野市へ図書館見学に行くと真面目な顔で言った。若手のS先生の両親と友紀は親しいから信用して静枝に交通費とおにぎりを持たせて送り出した。

三日ほどしてS先生の厳父が来宅したので、友紀は「日曜にうちの静枝がお宅の息子さんの引率で長野に連れてっていただき、お世話になりました」と礼を述べ、果物を手渡した。

夕食後、息子のS先生から電話がきた。友紀は本人にお礼を言った、とたんに静枝が受話器を奪い、電話を切ってしまった。

「S先生と長野へ行ったというのは嘘だったのね。見学の感想を話したのに」

「うん嘘だよ」

静枝は苦笑して座を蹴った。友紀はがっくりし、おセッさんは首を横に振り、これ以上は無理だと言った。友紀は自分が嫌になった。

床についてから自分に言いきかせる。「急くな」

山の村にトンマと言われる青年がいた。あの矢崎さんは話があちこちに跳びはね、物知りだがすぐにばれる嘘がまじるからマヌケと言われていた。初乃母だけは「あの人は場を得れば伸びなさるぞ」と言った。みんなと違うことを考えているから現実の小事をとばす。それがバカと思われるのだと母は言った。彼はやがて玄たち障害者の役に立ち、いろんな発明をして尊敬されるようになった。母は人を見抜いたのだ。

あの母は「康道さんは聖職者として人から褒められつづけ、反省の機会のない気の毒な人だ」とも言った。

静枝は中学の担任女教師からも嫌われているようだ。「成績は少し向上したが、努力しない。

勉強する子をガリ勉馬鹿と軽蔑する」と担任は言う。学校で孤立しているあの子を誰かが護ってやらねば。

静枝が中年男と一緒に安宿に入った、と父兄が学校に報せた。ということで友紀は教頭に呼ばれた。「五十代の男で妻子もちだという。そういう男と密会しないように、厳しく生活指導してくれないと困る。回心が遅い、どういうことですか」

教頭は友紀をにらみつけた。友紀は抗議した。

「その中年男が悪いです。少女を誘惑して遊ぶ男をまず取り締まってください。静枝を叱るだけでは駄目です」

父兄から見られ、警察と学校からマークされていることを静枝は知っているようだ。

「そのオジさんと何処で知り合ったの?」

友紀は静かに訊ねた。静枝は口を結んだままだ。

「自分の娘より年下のあなたを誘惑したこと、許せない。男をここへ連れてきなさい」

きつい声で「もう許さん」と迫った。「今は面白くても、きっと後悔する。静枝ちゃんは頭がいいから、いまに辛くなる。早くきっぱり手を切りなさい」

「あんなの面白くなんかないよ、好き、好きばっか言ってしつこい。手を縛ったりして憎い、殺してやる、あたしも死んじゃえばいいだ」

「十五で死ぬなんてもったいないね。憎い男のために命失くすなんて悔しい、もったいないよ。そんなオヤジはガツンと蹴飛ばして、静枝ちゃんは高校へ行って、もっと楽しいことをしなさい。本気の、良い恋をしなさい」

「はあ？　おかあちゃんが恋なんて言った」

「わたしの好きだった人は戦争にとられて戦死してしまった。その人のこと今も忘れない、死んでも忘れない」

静枝はしばらく沈黙し、「あいつとはもう会わない」と言った。

会う約束の日に電話がきた。静枝が現われないので電話してきたと友紀は感じ、静枝に受話器を渡した。

「会いたくない。電話も手紙もいらない」と静枝はきっぱりと言った。

友紀は黙って静枝の肩に手を置いた。

翌晩はまた無言電話だ。友紀は無言に向って「自分のしていることが恥ずかしくないんですか？」と訊いた。電話は音高く切れた。

友紀は静枝に料理を教えた。のっぺも煮しめも味噌汁もおすましも出汁が大事。煮干しは頭とハラワタを除いて裂き、半日水につけておく。昆布はつけておいて沸騰したら引き上げる。鰹節は惜しまずに。

「のっぺ」は筍、蕗、ぜんまい、人参、里芋など前日からじっくり煮しめ、じゃが芋は煮立ての熱々を供する。さやえんどうは彩り。

「煮〆はカチャカチャ急いて煮るでないよ。一度火をとめて味を含ませるの」

コツを静枝はすぐに呑み込んだ。彼女は意外なほど丁寧だった。

「美味しい！静枝ちゃんはカンがよくて料理の素質がある」と友紀は正直に褒めた。

自分はこの家では嫌われていない、警察が言うほど不良ではない、と静枝はわかったようだ。

食事のとき笑顔が見えるようになった。

《濁水おのずから澄む》と友紀は書いて康道に見せた。静枝は人生訓が大嫌いだ。言葉より、

「先ず何をして自前で食べていくかが大事だ」と大人のように言うのだ。

看護婦になると改めて決め、机に座り、勉強を始めた。その直後、九州の長兄から手紙が来た。心の底で兄からの手紙を待っていたらしく、嬉しそうだった。

兄から高上康道宛の手紙も届いた。製鉄工場に就職したので、やっと静枝の保護者になれる、ついては妹を引取らせてほしいという手紙に友紀はすぐ返事を書き、こちらの電話番号を大きな字で記した。

電話がきた。電話に出た康道に兄は静枝養育のお礼を言ったという。「兄さんは保護者になれるだろう」と康道は言った。

静枝は進路を自分で決めた。中学を卒業し、兄のもとに行き、看護学校の寮に入って資格をとる。「不良仲間から遠くなりたい。ズベ公扱いされると辛いから、この町を出て、遠くの町で看護婦になりたい」と彼女は言った。

「兄として保護者をつとめさせて頂きます」という決意表明のような兄からの手紙を担任と教頭に見せ、静枝の卒業を頼んだ。「落第にはしたくないですね。お兄さんは嘘つきではないでしょうね」担任は念を押した。

「大丈夫です」

卒業式に友紀は保護者席から卒業生入場を見つめた。全員に校長から卒業証書が渡された。セーラー服の小柄な静枝が背伸びして卒業証書を受け取った。

静枝が出立する朝、友紀は言った。

「ここを実家と思って、来たいときはいつでも来なさいね。おかあちゃんは此処にいるから」

高校の費用として積み立てた貯金通帳を手渡した。

「ありがとう。このおカネ大事にします」

静枝は玄関に正座し、改まった声で言った。

「おかあちゃんが言った言葉、不良がほんとうに改心すれば」

「つよい。静枝ちゃんは自分に正直でつよい子だ」

静枝は看護師資格をとり、病院勤務をし、勤め人と結婚した。二人の子が生まれ、下の女の子の安産の知らせが届いた。

《一男一女の母になりました。新生児の育児は大変ですが笑顔がほんとに可愛いです。いただいた貯金は、その後少しずつ積み立てを続け、おかげさまで安心して出産出来ました。

もう大丈夫！　おかあちゃん、いつまでも丈夫でいて下さい。》

「磐長媛ねばり腰の勝ちだ。勝負ついたり」と康道が言った。

「わたしは生きるために働き続けただけです」

生活費も冠婚葬祭の費用も自分の才覚と倹約でまかない、黒御影石の「有縁墓」を建て、身よりのない光子さんたちの墓碑銘を刻んだ。「無縁墓」でなく有縁だったと思うので。

反戦非核の女性グループを応援し、講演会を何度も主宰した。広い世界に憧れ、息子たちに〈母がまだ見ぬ海を見よ〉と手紙に大きく記し、海外留学を勧めた。

母屋の改築も済ませた小柄やせっぽの女は「イワナガヒメ」だから太い柱になったのか？

「美人薄命のコノハナサクヤヒメでなくて悪かったわね」

友紀は啖呵っぽく言って笑った。ヒメでなく母だった。姫彦、女男を忘れて生き、大家族を支えてきた「母ちゃん」をそろそろ卒業したいなと思った。

おセツさんは康道の肩をもみ、康道は義母の首、肩、足の指圧もみをする。戦後の友紀は、いたわり合っている姿に嫉妬を感じたことがない。二人は性が合うのだと思う。おセツさんの甘え上手は一つの才能だと思う。

「わしはもう何も要らんから別所温泉に連れてってくんねかね」と言うから、はいと応え、康道に義母の世話を頼んだ。二人の留守に友紀は遠方の友人たちに手紙を書く。

おセツさんは八十八歳の元旦に眉を描き、大島のお対を着た。渋い泥大島に鶴の白地帯がおしゃれだ。

帰省した孫たちや年始客と酒を酌み交わし、他愛ないことで笑った。

「おかあさん、その帯いいですねえ」

「これ友紀ちゃの形見にしておくれね」と軽い口調で言った。そして正月三日の夜、風邪で寝込んだ。四日の朝、往診した医師が友紀にそっと告げた。

「風邪だけでなく老衰ですね」

友紀はお粥を進ぜるとき、さりげなく言った。

「お正月ですから、おかあさんの実家の人もお招きしましょうか」

「いらんわね」

おセツさんははっきりと言い、その夜、細い声で「コーちゃ」と呼んだ。

まめに看護できるよう友紀は康道と自分の布団を病床の両脇にのべた。康道は義母の足をもみ、吸い口で薬を飲ませ、夜中の便所介護もがんばった。友紀が家事の間は康道が目を離さずつき添い、三人の孫も代わる代わる枕辺に見舞った。

松明け七日に容態の好転を見て子らは東京に戻った。おセツさんは孫一人一人の手を握り、床の上に正座して挨拶した。

「おばあちゃんは大丈夫だよ。みんな達者でいておくれね」

若い者が居なくなり、雪が降った。内も外も静かだ。

一月十五日小正月の夜半、おセツさんは少し喘ぎ、頷くようにして息を引き取った。窪んだ目、白い肌、うすい眉のおだやかな死顔だった。

康道は涙を拭い、六〇代の綺麗な義母の顔写真を額に入れた。康道が撮影した白黒写真だった。

おセツさんの実家の遊郭は戦争で廃業したが、戦後十年して若い世代が会席料亭として新築開店した。おセツさんの葬式に参列した現当主夫妻は気持ちの好い人たちだった。

「おかあさんが元気なうちに義絶を解きたかったですね」と友紀は言った。康道は応えない。義母が亡くなってから放心したように返事をしないことがある。

「純粋な男なり」と友紀は観じた。

「おかあさんはうちの潤滑油だったのですね。春にはおかあさんの米寿のお祝いをしようと二人で相談して、お招きする人もご馳走の献立も決めて、息子たちも祝いに来ると約束していたのに」

「お前が勝った」康道が低い声で言った。

「おや、また言った」

「おまえが何故出ていかなんだかわかった。勝つまでやる気だった。敵ながらあっぱれだ」

「何を言ってるんだか。半身不自由のおじいちゃんから、助けてくれと言われて、それに戦争中で何処へ行ってもいいことないから辛棒しただけ。戦後なら離婚ですよ。正代さんは実家が裕福だから離婚できたのね。今は娘さん一家とハワイで楽しく暮らしてるって。幸せになって良かった」

康道は呟いた。「おれは一人になりたかった」

「わたしも。でも、おセツさんが還暦のとき、わたしたちは終戦の講和条約を結んで、以後、姉妹になって、下宿の賄いも子育ても近所づきあいも助け合って一緒にやってきました」

「ねえ、おかあさん」と友紀が言うと、康道はぎくっと振り向き、冷酒を飲み干した。

「うちは空の巣か」

「岩太さんが居てくれてます。でも仕事は疲れますから、畑は減らして楽しみの家庭菜園にして、わたしは七十歳をもって下宿屋を卒業します。個室で自由に自炊する時代です。いろんな人が同居してお父さんもご苦労さまでした。ありがとう」

「おれは、もう長年、おまえに合わせてきた」

「そうね、では、今度こそお酒をひかえましょう」

「酒は断固やめない、おれは不死身だ」

十七章　哀れみの候

道の向こうの原っぱで初乃母さんが手招いた。道を越えようとして、足を止めた。

「まだ行けない、用があるから」

母はすっと消えた。

目覚めると、見慣れた自分の部屋にいた。息を吐いて寝汗を拭う。庭木がざわめく音がする。木枯らしが冬を連れてくる音だ。雪が来る前に外仕事を片つけたいのに風邪が長引いている。

ブザーが鳴った。反射的に起きてマスクをかけ、向かいの部屋に行く。康道がベッドを降りようとして唸っている。ベッド脇のポータブル・トイレに座るのを手伝う。しがみつく力が強い。重い。

介護や看取りに慣れた身、一人の世話くらい大丈夫と言っていたのに、関節が痛む風邪は辛かった。まだ六時だ、あと一時間寝ていたい。

「おれは百まで、おれは不死身だ」と言っていた康道が玄関で倒れたのは喜寿祝いの飲み会に出た夜だった。緊急入院し、翌朝、「脳梗塞です」と言われたとき、老妻は黙って頷いた。

「不死身」の人が満七十七歳で右半身麻痺とは、本人がいちばん辛かろうと思った。

病院の治療と新しい理学療法・リハビリで四か月後に立ち上がれるまでに回復し、右麻痺と言語障害が残るものの在宅ケアが可能とのことで、退院して五か月になる。半身不随の舅を看た時代とは介護法が違うというので、勉強し、近所の主婦の助けを時々借りて介護しているが、この痩せた老妻の方が先に逝くのではないかと思う。

大所帯と下宿の賄いの時代に比べれば老人二人分の調理はママゴトみたいなものだが、血栓、高血圧予防の食材に気を配り、薬膳をつくる。彼は食事を待ち、左手のスプーンで懸命に食べる。たいそう時間がかかるが、急かさず手を貸さず見守る。

食後、老爺はたくさんの硬貨を種類別に並べて数えるリハビリ訓練をする。根気よく並べ、金額の数字を左手で紙に記す。言葉ははっきりしないが、数を間違えなくなった。病院の訓練で優等生だと言われたことを励みにしているようだ。

老夫はテレビをリモコンでつけ、見ないでそのまま眠ってしまう。正午に目を開け、また長い食事である。入浴サービスの日は嬉しそうだ。若いプロの介護士に身をゆだね、入浴した夜は軽い鼾でよく眠る。

風邪が治った友紀は友達が恋しくなった。東京の信子さんに会いたいと思う。

戦後七年ほど女性グループで共に活動した信子さんとは境遇が正反対で妙にウマが合った。彼女が東京に転居したあとも同じ全国主婦グループ栗の木会に入り、上京の折には自宅を訪ね、夫君をまじえて楽しく語らったものだ。

「老後援け合おうね」と言い合ったのは還暦のときだった。

彼女は夫君の助言で庭の半分を駐車場にし、月十八万円ほどの収入を活動費にしていた。仲の良さを羨んだが妬みは感じなかった。我が家は「悪縁」、親鸞の『歎異抄』でいう「煩悩具足の凡夫、火宅無常の世界を生きる者」だと思っていたから。

「お宅は家庭内離婚みたいね」と信子さんに率直に言われたことがあった。笑って応えた。
「そうそう、外面は夫婦のふりして仲人を引き受けたりしたけど、実は、最初から仲が悪いの。あの人は大家族の一員で、性関係がないから同居してこられたんだわ。悪人同士がよく長続きしたものです」

信子さんは笑って言った。「長く同居すると、人は似てくるのね」

闊達聡明だった信子さんがどうしたことか、二年ほど前にウツ病になり、電話に出なくなり、一年前の葉書に〈人に会いたくない、ゴメン、そっとしておいてね。わたし離人症らしい。良夫賢父の桜井に申しわけないと思いながら彼との会話も億劫なの。話が飛ぶけど、世界は激動、金融経済危機はどうなるのかしら。何かが作為的に動かしているようで不安です。懸命に働いている民哀れ〉と記されていた。

電話を遠慮し、賀状を出したきりだが、来春は一緒に温泉に行けたら嬉しい。康道を預けてわたしは息抜きをしたい。月並みな手紙を嫌う信子さんに何と書こうか。

〈私は人生の第四コーナー、七〇代に踏み出してこの七年、生きることが楽に感じられ、庭園を見て歩いたり、女性史の勉強会に参加したり。

あなたと伊豆で河津桜のお花見をしたこと、楽しい思い出です。私は七十歳から一人旅を始め、異国めぐりの楽しさを知ったのですが、高上の脳梗塞で頓挫し〉

古稀を機に下宿屋を廃業し、個室アパート六部屋と二ＤＫマンション十室のオーナーになったとき、岩太さんが大往生した。昼食中に仰向いて倒れ、箸を握ったまま苦しまずに逝った。前日まで畑に出て家の役に立ってくれた九二歳の岩太さん、「ありがとね、ほんとに有難う」と声をかけ、本人の遺言どおり、うちの「有縁墓」に葬り、康道と二人だけになった。

初めての二人だけの生活は快適とは言えなかった。「自分のことは自分でやってね」と彼に言うと、「おれはうちより外が好きだ」と言い、しがみつかず、会話は少なく、諍いなく。彼の病気の妹をひとときき看護したときは彼から礼を言われた。

同居人の介護はすると決めていたから、老夫の入院中に新しい介護を学び、引き取ったのだが、夜中に起こされるのが辛い。

老老介護の現実を信子さんに知らせようと自室の小さな文机に向ったとき電話が鳴った。知り合いの果実店の主人が急きこむように言う。

「旦那さんに付き添ってあげないと。カネをひったくられるといけない。信用組合から出て薄着でよろよろしてますよ」

「いつのまに外に出たのでしょう。知りませんでした」

友紀は礼を言い、毛糸のマフラーとショールをもって急ぎ足で迎えに行った。

粉雪が舞う道をガウン姿の老爺が杖にすがり、そろりそろり、五、六センチずつ足をすって進もうとしている。友紀は駆け寄って大きな背中にショールをかけ、右脇を支えた。

「こんな所まで自力でよく歩けましたね。エライね。手提げ、わたしが預かりましょう」

「ヤダ」

「こんな寒い日に外に出て、年金を引き出したですか」

「ヤダ」

タクシーは通らず、そろりそろり、雪で濡れた道を滑り転ばぬよう支えて進み、二〇分ほどで橋を渡る。川風が冷たい。友紀は駆け出したくなった。ああ寒い、いっそ川にとび込んでしまいたいと言いそうになり、ぐっとこらえ、支える。

人が見たら仲良し老夫婦に見えるかも、と思い、言った。「離れて歩きますかね」

康道は左手でしがみついた。お前とは歩きたくないと冷酷に言い放ったことを思い出さないのか、必死の体だ。もう一息、あと一息、そろりそろり、やっと家に着いた。

エアコン暖房をつけ、トイレに誘導し、老爺をベッドに座らせ、手を洗って常薬と湯を運ぶ。薬を飲ませたあと、卓上を見ると、手提げ袋がない。

不自由な身体でどこへ隠したのか？隠し名人の技はまたも驚きだった。

「ケチンボの司」「もの隠し名人」と友紀はひそかに徒名をつけ、面白がることにした。介護は重苦しいだけでは続かないから。

次男夫婦に頼ろうかなとふと思う。「わたしの方が先に行きそうだ」と福祉が専門の三男に電話したら、三人兄弟が長男の家で話し合い、弁護士の次男が様子を見に来るという電話があったが、帰省の日が決まらぬようだ。

男の子は結婚したら妻を重んじる時代になったから、親は子離れし、老後も自前の経済で暮らす。と思い定め、実行してきた。子に甘えない寂しい親だった。

子の独身時代は子の活動を陰で応援し、特に六八年から七一年の次男の学生運動は救援会と連絡をとりながら、次男の仲間をアパートにかくまい、上京して息子をきつく諭した。

「セクトに入るな。党派争いすると希望は実現しない。後悔するよ。鉄兜はやめて、司法試験に合格しなさい」と諭し、ひそかに逮捕学生の拘置所への差し入れもした。一方で自衛隊員の相談を受け、私的な悩みを聞いたあと、「人の国に行って戦争してはいけません。自国の困った人を援けるのがあなたの任務ですよ」とつけ加えた。

当時は、可愛い実奈ちゃんと美里ちゃんが同居していたから、心労は吹き飛んだ。五〇代は若かったと思う。

次男は大学を留年し、司法試験に二度落ちたが、婚約してから合格し、司法修習生を経て大きな法律事務所に所属し、今は働き盛りである。妻は私立中学の英語教師、孫の女の子は小学四年生になる。長男は公立大学理学部教授で水の研究とか。三男夫婦は福祉を専攻して「身体障碍者」の施設に勤めている。

三人兄弟はそれぞれ恋をし、結婚し、子の親になった。孫は全部で六人いるのだが、遠くに住むこの祖母は、何かの節目にお祝いを送る人という感じだ。

あっさり過ぎて寂しくないかと友人に反問されたが、むかしの姑嫁の苦しい連鎖を自分の代で断ち切って良かったと思っている。息子の妻たちとは距離をおいているから、感覚や生き方の違いで反目することは殆どなく、弱みを見せずにきた。

「老老介護で倒れる前におやじさんを老人施設に預けるか、ケアつき施設に夫婦で入所したらどうか」と三男の瑛勝は言う。その意見を康道に伝えたら、引きつった声で「ヤダ！」と拒んだ。老妻は自分が植えた果樹や菜園や花畑のある暮らしを望んでいた。

自分たちのシニアハウス、ケアつき小施設をこの近くにつくれないものか、考えるが、今は外で活動する余裕がない。

三男は「親族に頼らず、他人と支え合う時代だよ」と言った。「そうね、他人のほうがうまくいくかもね」と老母は応えた。

グループホームの計画を信子さん夫妻に相談してみよう。

そう考えていたところに予期せぬ葉書がきた。信子さんの訃報だった。

彼女に会いたいと思った日の前日に彼女は彼岸に飛んだのだ。印刷の葉書には詳細が記されていないので思い切って電話した。

「信子は、目を離したすきに自殺しました」

「自殺？」

ご夫君の声は低い。原因不明のウツ病が続き、食欲も落ちていた。薬を貰って帰ったら、階段の手すりにぶら下がっていた。ストッキングをかけて首をつり、すでにこと切れていた。

「遺書はなく、私は検死や密葬で疲れて、寝込んでしまい、報せが遅れました」

「会って話したかった、会える時を待っていました」

「定年後、私が家で看ていましたから、ショックで、残念で」

ご夫君は声をつまらせた。友紀は慰めの言葉がうまく言えず、頭を下げて受話器を置いた。康道が背後に来ていた。心配そうな顔だ。死の話に敏感になっているようだ。

翌日、友紀は近所の島さんに老爺を頼み、外に出た。じっとしていられなかったのだ。駅の近くで栗の和菓子を買い、気がつくと義妹の施設へのバスに乗っていた。

専介兄さんがいたら、上京して話すのに、老人ホームに入所されてすぐ往ってしまうなんて。連れ合いをなくし、お子さんのない専介兄さんと妹の佐和さん、二人はわたしが看取るつもりでした。お兄さんの慈愛のおかげでわたしは幸せでした。いちばん会いたかったのは専介兄さんです。

友紀はバスの中で涙をこらえた。少しも悪びれず訪ねてみえて、同志、道連れ、妹と言い続け、力づけてくれた人、少し猫背のひょろりとした姿に会えなくなって二年になる。

何でも正直に話せた信子さんにももう会えない。

義妹の佐和さんは四人部屋の廊下側ベッドで寝ていた。壁のボードに誕生祝いのカーがとめてある。七十七歳、康道と年子、わたしと同年なのにアルツハイマーとは気の毒だ。佐和さんは骨太で手足が大きく、血色はいいのに、開いた目がうつろだ。バッグの中の香袋をさし出すと、反応せず、けれどぐいと受け取ってくれた。

元気なころは夫をやっつけていた佐和さんだった。夫は器用で手仕事が上手、妻は頭がよくて家事が不得手だった。夫が妻の料理をけなすと、「男のくせにチマチマ文句たれて」と反撃した。役割を交替すればいいのに、妻は専業主婦のまま、最後の日まで言い合って夫は逝った。子どものない佐和さんは独居になると無口になり、一年後に暴れ、脳の病気と診断された。佐和さんには夫婦口論が張り合いだったのかもしれない。

佐和さんが納屋で暴れたので高上の家に預かったら、ぶっとばされそうになった。体重七五キロの佐和さんの腕力には勝てなかったが、嫌な気分にならなかった。

老人介護の勉強会に出たのは、佐和さんの病気の進行を止めたかったからだが、顰蹙をかったようだ。参加理由と困難な現状を話すとき、つい勇み足になり、「介護、看護を悲劇の大ごとのように言う現代人は意気地なしです」と言ってしまったのだ。

「高上さんのおバアちゃんの頑張りはどうでしょう。今は公的介護推進の時代ですよ」と講師から批判的に言われた。

「自分を苦しめた人であっても、相手が弱ったら、報復しない、それが人間の心です」と苦しんで得た持論を口にしたら、「伝統回帰の思想と思われますよ」と女性グループの仲間から言われたこともあった。打たれ強いから気にせず、あとで考えた。

「報復の連鎖を解くこと、それが平和の基本です」とか今風にうまく言えばいいのかな。

佐和さんの病状は少しずつ進行した。介護の現状が知りたくて、見舞いついでに施設の見学をする。若い男女の介護士が老人をリハビリルームに誘導し、寝台で脚を曲げたり伸ばしたり。装具をつけて一歩ずつ進んだり、屈伸したり。その懸命な姿に引き込まれる。

佐和さんのトイレ介助を手伝い、廊下に出ると、「熱心ですね」と事務長が声をかけてきた。

「はい、勉強です。うちでおじいさんを介護していますので」

「ご主人は入所待機ですか。特養ホームの不足は困りますね」

友紀は手土産の銘菓を「みなさんに」と言って事務長に手渡し、頭をさげた。

帰りに考えた。もしわたしが半身不自由なら老夫は介護せず、病院か施設に入れるだろう。彼が施設を拒否するのは妻が看るのが当然だと思っているからだ。信子さんは女ゆえ、愛する夫の看護の重さを感じ、彼岸に飛んだのかもしれない？

帰宅し、島さんから引き継ぎをし、介護手伝いの謝礼を払う。康道は安心した目をした。慣れた介護人を待っていたようだ。土産の和菓子を一つ出すと片頬でニカッと笑った。

先日の病院健診で彼は「内臓と骨は頑健ですね。長生きするでしょう」と言われ、嬉しそうに笑ったから、「笑顔は回復の印、自分で入浴する練習をしましょう」と友紀は言った。

寝る前に大きな老爺を湯船に入れた。浴槽に沈むことができたので、ほっと息を吐き、外で下着の替えを用意していた。電話が鳴った。知人の話は長いので、後でと言って風呂場に戻ると、康道は浴槽の中で目を閉じたまま動かない。

「おとうさん!」大声で呼び、腕を引くと、唸った。「うう、シヌ、シヌ」

「死にませんよ。大丈夫」

シヌと言えたから死なぬと思い、浴槽から出そうとすると、腰に痛みが走った。なんて重いの、「わたしが死ぬ」

「左手で手すりにつかまって、そっと足をあげて」

力を振り絞って重い老爺を引き上げ、夢中で外に誘導し、寝巻を着せた。

「誰か来て、腰がイタタ、背中も」友紀は叫んだ。老爺も涙を浮かべて呻く。

努力が裏目に出たようだ。ぎっくり腰のようだ。

いざって床に入ると涙が出た。

信子さん、あの約束をわたしは信じていたのに、なぜ黙って往ってしまったの?

「悩みの相談」で聞いた、ウツ病や難病の苦しい訴えを思い出す。守秘義務があるから黙りとおし、人は悲しいものだと思った、あの切なさ。信子さんの支えになれなった無力が悲しい。

三日後の夜おそく次男の澄勝から電話があった。

「今週の土曜に行くから」

「ありがとう。わたしは介護のプロにほど遠いとわかったよ。舅のおじいちゃんを背負って外の風呂に入れたことあったのに、あの体験がどうしたのか役に立たんで腰と背中が痛くなって、死ぬかと思った。可哀想にお父さんも涙を浮かべた。わたし、親友が黙って自殺したので、それも身にこたえて、遺言書こうと思った。わたしが急死したらわらんことが多いだろうから、遺書が要る」

彼は弁護士だから遺書の正式な書きかたを訊ねたのだが、「山のお母さんが夢に現れて、手招きした、お迎いが近いかも」といった言葉を彼は気にしたようだ。

「夢枕なんて信じるんじゃないよ」と強い声で言った。

澄勝の好きな山菜おこわの準備をして真鯛の刺身を注文し、そわそわしたら、腰痛はほとんど感じなくなった。病は気から、痛みも気から、だろうか？

土曜の昼、澄勝は妻と娘を同行してやって来た。

山菜おこわと鰤鮨、鯛の刺身、多彩な野菜漬、茸汁、デザートに自家製干し柿のブランデー漬をそえた。

「お父さんはゆっくりでいいのよ。お刺身、おいしいですよ」

佳奈子が優しい声で言った。老父はこくんと頷いた。

どこかで聞いた声だと思った。そうだ、実奈ちゃんの声に似ている。

「可愛いねえ」と友紀は言った。佳奈子は笑顔で娘の真奈を見て、頷いた。

老爺の前では誰も介護の話はしなかった。食後、佳奈子が茸の保存食の味をほめたので、保存食と漬物の大きな冷蔵庫、根菜類のむろを見せた。

「今は少量作る味噌樽です」

「お味噌も自家製ですか」

「味噌作りは簡単ですよ。手前味噌といって各人好む味が違うから、お宅に送らなかったけど、無添加で美味しいから持っていきますか」

味噌、梅漬、茸漬を容器に入れ、無農薬の根菜類も欲しいというので、新聞紙に包んで宅配便の箱に詰める。

「野菜はほとんど自給です。畑はストレス解消、ボケ防止、天候や温度を読みながらこの種はいつ播くか、苗はいつ植えるか、段取りして、育ったものを頂く。自分で作れば安全で新鮮で、おいしい。あら、つい自慢しちゃった」

「おじいちゃんも野菜作りが出来るようになるといいですね」

佳奈子に言われて友紀はハッとした。「そうねえ、長いこと飲むのが専門だったけど、来春からハーブ育てをリハビリにするといいわね」

佳奈子と会話がはずみ、澄勝が老父を看ていた。

「ママ、ここのおうちなら、大きな犬が住めるね」と真奈が言った。

「犬が好きなの？」

「お友だちの家にラブラドールがいて、羨ましい。うちはパパがマンションを買ってしまったから飼えないの」

ババの澄勝が子どもの頃は犬と兎と鶏がいて子どもたちが世話をした。外から帰ってくると、犬が「おお、帰ったか、帰ったか」というように跳ねて大喜びした。俯いて雑巾がけをしていると、泣いていると思うのか、廊下に前足をのせて顔をなめて慰めてくれた。柴の雑種でお利口さんだった、と友紀は夢中で話した。

「柴犬にしようか」真奈は飼うことを決めたように言う。

真奈は犬を飼いたい、佳奈子は家庭菜園とハーブ畑に惹かれ、裏に引っ越してくると言う話の展開になった。

親から頼まず、あっけないほどストンと話が決まった。

「澄ちゃんは、お勝手の板の間であっという間に生まれた子。畑からとんで帰って、お産婆さんなしで生まれた子だから、話も結論も早いわ」

澄勝は説明した。老老介護は危ないからと、三人兄弟が何度も話し合った結果、独立できる仕事の澄勝が母屋と地続きに住んだらどうかという話になった。兄弟三人の総意であり、早い結論ではなかったという。

「佳奈子は年度末に中学を退職して、落ち着いたら学習塾を開いたらどうかと」

「そこまで考えて。有難う。よかったね、お父さん」

康道は意味がわかったようだ、表情が和らいだ。

「兄貴が言うのに、おまえは学生時代に親に心配かけたから、孝行しろ、だって」

澄勝は照れたようにビールを飲んだ。

十八章

家庭内離婚終焉

「生還しましたね」

「病院への搬送が迅速だったので、助かったんです」

「ありがとうございました」という声は長男の正勝だ。目をあくと、ドクターとナースの姿が見えた。眼鏡の正勝の顔が見えた。病院だとわかった。

意識を失ったのは、那覇から沖縄南部戦跡へ行くバスに乗ってしばらくしてからだった。胸と背中に激痛がきた。いま死にたくない、と思って気が遠くなった。

「母、旅先で心筋梗塞、意識不明」の知らせで那覇の救急病院に駆けつけたと正勝が告げ、「命拾いしてよかったね」と言った。

二十五時間昏睡状態だったと聞き、老母は医師に手を合わせた。

春の新学期だから正勝は翌日帰京し、個室での安静治療が始まった。

初めて沖縄に来た翌日に倒れ、見物も見学もせぬまま入院となったが、ともかく念願の沖縄に来たのだよ、と自分に言いきかす。

再起を祈って一人ベッドで目を閉じている。倒れたのは自己過信のためだと思う。働くことが習い性になってしまったこの老母は、旅に出る一週間前に風邪をひき、だるいのに老爺の介護を続け、前夜は午前三時半まで雑用をし、睡眠三時間でとび出した。八十一歳だが気力は人一倍あると思っていたが、身体は悲鳴をあげていたのだ。

安静を人生の休暇と考え、看護師さんの親切に感謝し、テレビ・新聞なしで無念夢想でいた。

食事の味が判るようになり、ふと思った。老爺は案外機嫌よく介護されているのではないか。佳奈子さんが今風の食事を運んでくると、彼は頭を下げる。老妻が薬膳を進ぜると無表情で、ときにはまたかという顔をするようになった。彼は何よりも美人が好きなのだ。

脳梗塞という初めての大病で、人の容姿より快適な療養生活を求めるようになったか、と思いきや、弱っても倒れても彼の和風美女好みは変わらなかった。妻を有能人だと認め、助けを求めながら、平凡な顔は見たくないようだった。病院で美形のナースに見とれ、テレビにぶちゃいくタレントや平凡顔が出るとリモコンで消す。意思表示は脳の回復の証かもしれないが可笑しい。性格や生き方、思想信条より、「女は容姿」という偏執病は、思春期におセッさんによって脳に深く刻まれたものか、本能的なものか?

佳奈子さんは若々しい美人だから、老爺は眺めるだけで症状が改善するかもしれない。康道は好男子と言われたが、若いときから顔に魅力があるとは些かもこの妻は思わなかった。自分の老いを省みぬ容姿差別は、時に老醜に見えた。

神様、目立たぬ平凡顔をいただいたわたしは、モテないぶん他のことがたくさん出来て幸せでした。

人懐かしいのは独り遠地で休んでいるおかげか。いちばん懐かしいのは専介兄さんだ。辛い時に励まされたことだけでなく、話が懐かしい。電波や無線、レーザー、電子レンジの話を素人に解るように易しく話してくださった。夢中で聞いた。専介兄さんの来訪を子どものように待ち侘びた。息子たちも伯父さんを尊敬した。実の兄弟なのに兄はケチでなく、人にご馳走するのが好きだった。

「うちの文化マダムの浪費癖は、じつは躁病だった」と嘆きながら笑った、あの泣き笑いの表情が忘れられない。

できるだけ楽しいことを思い出すようにした。家計収入の管理やローン返済など気になることは正勝に手紙を出した。病院食は美味しいとは言えないが、それでも待ち遠しくなり、三十日後に四人部屋に移った。休憩室に出て地元の人と話すことが出来た。難病を抱えながら笑顔で接してくれる老女に会い、沖縄戦の悲劇に涙し、泣くのは心臓によくないと言われて涙をふいた。

四十六日目に若先生が付き添ってくださり、地元の病院に移る。若先生に感謝して別れ、地元に三十日入院、働き過ぎぬよう老医師から注意を受けて退院、二十五日自宅療養した。一〇二日間寝たが、老爺は無事だった。家庭菜園には佳奈子が育てたトマトやトウモロコシが実っていた。噴水のあるレストランで佳奈子、澄勝、真奈のご苦労さん会と暑気払いを兼ねて快気を祝った。何にもまして真奈の成長が嬉しかった。

「おとうさん、わたし今から出掛けますから」

友紀は外出用のお召を着つけてから言った。ベッドに移ったばかりの老夫は、柵につかまり、上体を起こした。

「おれも」

「今日は病院に行く日ではないの。お友達に呼ばれて久しぶりの茶話会です」

「おれ、おまえ、いるから、さみしくねえ」

そう言うと、彼はベッドに横たわり、頭を枕に乗せた。

「そんなに遅くならんからね。用があったらブザーで佳奈子さんを呼んでね」

紅葉が青空に映える秋日和の道を友紀はゆっくりと歩んだ。散る葉も枯れた雑草も古木もいとしい。裏も表も見せて散る桜紅葉の一葉が、裏を見せて足元にとまった。踏まないようにそっとよけて歩く。

長期入院で筋力が落ちたので、今は静かに歩んでいる。景色を眺めながら八十路の道を歩くのは良いものだ、生かしてもらって良かったと思う。

澄勝一家が裏に住んでくれたおかげでどれほど助かったか。こうして自分の用で外出できるのも佳奈ちゃんのおかげ、ありがたい。

和風喫茶「なごみ」に入ると、同時に二人の友が現れ、「生還できて良かったね」と言ってくれた。「ありがとう。これからは、憧れの天衣無縫になって、ふわりと昇天したいわ」

「でも今日は面白くない話で呼び出したんです」と江美さんが笑顔を消して言った。

「茶話会だというから、久しぶりに和服でおしゃれして来たのに」

話とは、自称「お助け隊」のことだった。二人は読書会の川島早苗さんが嫁さんから虐待されているのを看過できず、自宅を訪ねて息子夫婦と話し合い、早苗さんは老健中間施設に入ったが、先々落ち着けるホームはないか。という相談だった。

川島さんは夫を戦死で失くし、給食婦をしながら三児を育てあげ、子らが独立すると、家を長男一家にゆずって町はずれの小さな借家で一人暮らしを続け、読書会の世話人もしていた。頭のいい人だったのに、八十三歳で記憶を失い、長男の家に引き取られた。それ以後のことを友紀は知らなかった。

早苗さんは嫁時代に舅姑で苦労したので、自分のような思いは嫁さんにはさせたくないと言っていたことを思い出す。娘に死なれた逆縁に耐え、家族のため、学童や地域のために尽くした人が何ということか。その苦境を八〇代のお助け隊が救おうとしている。

お節介、干渉と言われようとめげない人が今もいるのだと知り、友紀は笑顔を向けた。「良いホームを皆で探しましょう」「友紀さんに話を聞いてもらってよかった」

和風昼食を食べながら話す。綺麗な銀髪の明子さんが少女のような声で「わたし八十三で変わったの」と言った。「わたしはずっと核家族で、人と密着するのが嫌い、お節介も嫌いなの。涼しい風が通るような関係が好き。与謝野晶子の読書会に出たけど、多産で働き過ぎるのは嫌でした。家でピアノを弾いたり、夫とバッハを聞いたり。三年前に夫に死なれ、しばらく蟄居していたけど、大好きだった早苗さんが食事を与えられずに縛られていると聞き、じっとしていられなくなったの」

「私も主人を失くし、友人を次々見送り、いま、友達がとても大切なんです。晶子の〈母として女人の身をば裂ける血に清まらぬ世はあらじとぞ思う〉という歌の好きだった友紀さんを思い出して電話しちゃたの」と江美さんが言った。

自分の思いに忠実な人たちで、単なるお節介隊ではないようだ。

「わたしのことより与謝野晶子の歌を思い出してくださり、ありがとう」

老後の経済のことを話し合い、午後四時に割り勘でお開きにし、帰宅した。

玄関の戸を開けると、たくさんの靴があった。もしや。

廊下で佳奈子が一瞬沈黙し、「おとうさん、亡くなりました」と言った。

部屋に入ると介護手伝いの島さんが目礼した。

康道は仰向いて目を閉じている。静かに眠っているようだが、息はなかった。

「今しがた検死がすみました。澄勝さんは出張先から家に向かっています」

佳奈子は俯いて報告した。十二時半に昼食のお膳を食卓に運び、部屋の外で「おじいちゃん、ご飯です」と声をかけたが、返事がない。戸を開けてみたら動かない。近づいてみたら、息をしていなかった。急性の心筋梗塞で苦しまずに逝ったようだと医師は言ったという。

「心筋梗塞?　わたしより先に?」

友紀はつぶやき、佳奈子が手渡した白いタオルを顔にそっと乗せ、手を合わせた。

死ぬと思わずに息がとまったにちがいない。わたしと一緒に医者に行きたいようすだったのに、茶話会に出てしまった。死に水をあげられず気の毒したと思う。

葬儀社の人が来宅し、深く頭をさげた。「ご愁傷さまです」

出先の澄勝から電話で依頼されたという。通夜と葬儀の相談、湯灌、着替え、方々への電話連絡、部屋の整頓など、泣いているひまはない。

友紀は葬式の詳細を考えていなかった、自分が先だと思っていたので。息子たちに「ありがとう！私の弔いはごく簡素に」と遺言を記し、笑顔のスナップ顔写真、預金のメモ、連絡する友人親戚は親しい人のみ名簿をつくり、封をして文机の引出しに入れてある。それに類するものがあるかと、老夫の部屋を探したが、ない。隠し名人の隠し場所を探すのはとても無理だ。秘密の隠し場所は後日、息子たちに掃除をしてもらうことにした。

「おじいちゃんに何を持たせますか」と言われ、万年筆、老眼鏡、小銭を入れの財布を、思いつきでさし出した。

澄勝が帰宅した。兄と弟は明朝一番の電車で帰省するという。葬式の指揮は澄勝がとった。通夜は自宅、告別式は菩提寺、喪主は友紀、横に長男・次男・三男が並び、老妻が一礼と一言挨拶、長男がお礼の言葉を述べる。弔辞は教員時代の後輩に人選を依頼、通夜の料理は佳奈子が仕切り、ご近所と友人に手伝いを頼む、と決まった。

夜中の零時、友紀はひとり遺体に手を合わせ、香を焚いた。朝、口をきいた人が冷たくなっている。家族がいても人は、独りで往くのだ。

「おとうさん、長い間、、、」涙で声がつまった。

仏さまの横で休んだが眠れない。定年後の康道に民生委員を依頼し、彼は実直につとめてくれたことを思い出す。冷たい目つきや厳しい言葉が少しずつ消え、彼も穏やかになり、そして倒れた。

退院後はこの小さな老女の肩と腕にしがみついたが、哀れが先に立って一緒に歩いた七年余であった。

自転車に乗ろうとして車体ごと転倒したときは夢中で助け起こし、「自転車は両手両足が利かないと無理ですよ」と言いきかせ、大怪我せずによかったと思った。家の前で転んだときも助けにとび出してかばった。

這って台所の戸棚から日本酒を取り出したところを佳奈子さんが見つけ、「おじいちゃん、そのお酒は毒です、死にますよ」と言ったら、無念そうな顔なので、老妻が「呑み納めのお神酒ですよ」と言って猪口に半分注いだ。アーと息を吐いて呑んだ。酒類は裏の澄勝宅に撤去し、あれが最後のおみきとなった。

そういえば今朝、出がけに半身起こして言った。「おまえ、いてくれるから、さみしくねえ」あれは康道さんの最後の言葉だった。「待っているから、早く帰ってきてくれ」という懸命のサインだったのではないか。

あの世でもしも偶然に出会ったら、「悪い者同士の家庭内離婚、終わったのね」と笑い合いまいましょう。自室で苦しまずに眠れて、おとうさんの最後運、良かったですね。

翌夕、遺影が飾られた。真面目そうな好男子のカラー写真を白菊と蘭の生花が囲み、好物の林檎と蜜柑が供えられた。

親戚、友人知人が続々と集まり、香がけむる。三人の僧侶の読経のあいだ、友紀は目を閉じていた。

客間には精進揚、筑前煮、巻寿司などの大皿、取り皿、ビールに日本酒、長男、次男の夫婦と澄勝の事務所の人がお取りもちをした。佳奈子の若い友人たちが厨房を手伝い、古くからのご近所を交えて明るい通夜になった。

弔問客は予想よりはるかに多かった。康道は享年満八十四歳、学校を去って二十九年余、半身不自由になって七年余、なのに。丈夫な頃の付き合いの良さが偲ばれた。澄勝の小中学の同級生や仕事仲間、友紀の長年の仲間も弔いに来てくれた。

参会者は通夜百人ほど、告別式三百余人、弔辞は教育関係者三人が高上先生の人柄を「子ども好き」「よく気がつき、優しく」「克己心があり」「戦後教育を熱心に推進し」など褒めた。

友紀は喪主として正座し、焼香の人ごとに目礼のお辞儀を繰り返したので、背中が痛くなり、立ち上がったときは一瞬目まいがした。

参会者への挨拶は深い目礼ですませ、お礼の言葉は正勝と澄勝に託した。

霊柩車に続いて大型バスが焼き場に移動した。

広い待合所にご馳走の折詰が並び、宴会のようだった。

「たくさんの人ですね。叔母さんの内助の功だわね」と姪が言った。

「よくお世話なさった。おばあちゃん、ご苦労だったね」と町会の人が言った。

友紀は黙っていた。月並みな返事が出来なかった。

康道は自在の身になり、笑顔でみんなと酒を飲んでいるような気がした。

焼かれた骨は崩れずに残った。

葬式と初七日のあとも自宅への弔問客があり、長男、三男が帰ったあとは友紀と佳奈子が接遇した。納骨のあと雪になった。

弔問客のない雪の日、友紀は康道の生い立ちを想った。

彼とわたしは生い立ちが違った。性分、性格、志向は大違いだった。ケチンボさんの生家は祖父さんが身上をつぶし、大きな負債を残して逝った。父母と子らは負債を返し、田畑を取り戻すために倹約に倹約を重ねた。八人の子は小さい時から地主の家の野良仕事に出され、尋常小学に入ると、下校後は米つき場で働いた。

血の滲むような皆の努力で少しずつ田畑を買い足し、やっと自作農に戻った。その辛苦の農地を敗戦後の農地改革で失ってしまった。苦学した兄弟は都会に住み、不在だったためにアメリカの新政策に勝てなかったのだ。

そういう生立ちもあって彼はケチンボの司になったのではないか？ いや、専介兄さんはシブチンでなかったから、養子先が問題だったのだろう。

「入院中にわたしは老後の貯えの大半を失いました。金融ビッグバンとかに巻き込まれ、退院後に判って悩んだ。あなたに話したら、そっぽを向かれ、家計を次男に助けてもらった。知り合いの女性が証券会社に就職したので、応援のつもりもあって預けたら、ファンドが壊滅状態になったという。弱り目に祟り目、苦しかったですよ」

康道が話したことがあった。おれが丈夫なのは小さい時から毎日暗くなるまで足踏みで米つきをしたからだ、飽きて、自分の家の分は、少しだけついてやめた。それで胚芽つきの二分米を食べて育った、それが健康に良かったのだと。

「なにげなく聞いていたけど、養子になるまでは、あなたも毎日暗くなるまで労働したという話でもあったのですね。おとうさん」

あの世の人にむかって、友紀は話しかけた。

十九章　ふるさと

「甥ごさんの上里玄さんが全身硬直で意識不明です」

明け方、B役場の当直さんから電話が入った。

玄の意識不明はこれで七回目だから、友紀は「わかりました」と平静に応え、冬の真夜中でなくてよかったと思った。インターホンで澄勝を起こし、玄の状況を伝え、上里の家まで車で送ってほしいと頼む。澄勝は無理を聞いてくれた。

朝六時半、夏の朝もやの中を車は山をめざす。川添いのうねうね道を登り始めると青空が見えた。両側の緑の陰影がくっきりと鮮やかだ。むかしの乗合木炭バスは土のデコボコ坂道を唸って躍って走ったが、いま澄勝の乗用車は軽快に舗装道路のカーブをきる。

「母さんは当たり前の涼しい顔で玄さんの後見人をやってるけど、年だから大変だね」

「昔の女の生き残りだから、辛いと思わんのね。それに、あなた達が来てくれて気が大きくなった」

「小柄で目立たないのに、どっしりした人だと上野老先生が評していたよ。深いお辞儀をして顔をあげたとき、ぱっと勝負をつける、とも言っていた」

「それはこのバアちゃんのことかね。上野さんは仇敵だったのよ。それが味方に転じてくだして悩みの相談室ではいろいろお世話になった。あの人はわたしよりひと回り年下で実務能力があるから、シニア・グループホームのことを提案してくれた。わたしは死にかけて、ただ生きて在ることに感謝している身だから、先日は黙って聞いていた」

「かあさん、八十六でまだやる気？」

「わたし、どっしりより天衣無縫に憧れている。けどそのシニア企画はいいと思うよ」

山襞と谷が深くなり、車が速度を落とした。

「あの山の木、密集して大きくなれえなんでる。そういえばお父さんはわたしの里をついに一度も訪ねてくれなかった。おまえの実家は山家の神道だから嫌だと。生涯一度も妻の家に顔出さないとはおかしな人だね」

「ヤマガとは？」

「鄙より奥地の山人というのかね？わたしには解らん、けど戦後になって考えて、理不尽な差別に怒ったよ。それに、あなた方子どもには言わんできたけど、康道さんはケチンボの司、もの隠しの名人。その秘密の隠し場所はボロとがらくたの中だと思うが、わたしが死んだら整理頼むね」

「母さんが片つければいい」

「ボロの探索は嫌です。わたしの好奇心は別方角、ボロから秘密の宝が出るか出ないか？お願いね。あなた方が仲良く夫婦で呑みに行ったり、車で家族旅行に行ったりする、そういう当たり前のことをうちは一度もしたことがなかった」

「だけど母さんはボーイフレンドに恵まれて良かったね。上野先生や建築家の小池氏や若い市民ボランティアの車に乗ってニコニコしていた。このあいだは若者をナンパした」

「ナンパ？」

「ナンパは冗談だけど、若者が二人説得されて農業研修をしているってね」

「百姓志願だというから実奈子に紹介しただけよ。実奈子のとこも猫の目農政で苦労してきた。だけも夫婦で力合わせて有機もやっている。カアチャン農業でなく、夫婦協働、自分で選んだ相手だから愚痴をいったことがない。澄勝と佳奈子さんみたいだ」

「母さんは車でふる里に帰れて幸せだね。ぼくは、自分の国に帰れない外国人の相談にのっているから、ふる里という言葉を軽く口に出来ない。〝母の知らない海を知れ〟という手紙で、外国人とのつき合いが増えて、かかえる問題も複雑だよ」

友紀は沈黙した。

澄勝は対向車をよけてハンドルを左にきった。

この子は仕事の苦労を顔に出さぬところは母親ゆずりだ、と思って眺めると、息子は父親似の中年の顔だった。もう五十半ば、昔ならば死ぬ年だ。玄は七十半ば、この姥は生き延びたとはいえ、残り少ない命だ。

車は過疎の集落を過ぎ、山辺のふるさとに近づいた。高い土手の下で車を降りる。山に向かってスロープを登る。車椅子の玄のためになだらかな坂道が通じている。

友紀は軽い足取りで先に立つ。筋力が回復し、また忍者風の歩きになった。

上里の家は川の西側だから、東からの朝日で古い養蚕室の家は黒く光っている。

狭い土間に青いトレーナーの孝子が出迎え、あ、おお、ユキおば、きた、と口のまわらぬ子のように言い、奥の間に導く。

玄は仰向いたまま薄目を開けた。診療所の医師の往診で意識が回復し、安静中とわかった。この地区には献身的な医師がおり、このまえ重体の時は深夜に往診してくれたおかげで玄は命拾いしたのだった。

玄は澄勝を見ると、目をうるませた。澄勝は玄の枕元で容態を訊き、見舞いを述べた。玄ははっきりした声で言った。「頼みがあります」

「おれ、孝子より先に往くと思う。おれが死んだら孝子を聾唖者の暮らせる良い施設に入れてやってくれ。友紀叔母さんが世話してくれた町の土地を売ったカネが預金してある。それで孝子を頼むね。叔母さん、裏の土地は果樹園にでもして楽しんでや」

「わかった」と友紀は言った。「誰が先に往くか判らんけど、わかったよ」

澄勝は頷いた。事務所で面談の約束があるため、すぐ町に引き返さねばならないと告げ、

「玄さん、また来ます」

友紀は玄に付き添った。

この家は百三十年前の養蚕室のまま改造されずに在る。煤けた低い天井と太い梁、この奥の間に父が寝ていた。母は台所の脇で夜中まで呉服屋の仕立物に精出していた。岩神神社祭祀の日、父は薄い白麻の衣をつけ、姿勢を正して家を出ていった。あれは死の門出だった。神殿前

で父が前に倒れると同時に地面が大揺れしたが、社殿は倒壊せずに残った。この古家も地震に耐えたのだが、年古りて傷みが出ている。修繕せねば。

台所脇で孝子が「ユキおばしゃん」と呼び、手振りでお茶が入ったと示した。彼女は煎茶を古茶椀に注ぎ、キクイモの根の漬物とコケモモ漬をすすめる。

「地のものをよく知っていなさる」

友紀は小さな黒紅色のコケモモの実を箸ではさむ。孝子さんの目が笑う。顔は赤く陽焼けし、指は節くれている。

孝子の聴力障害は強い補聴器も役立たぬようで、相手の表情と口の形を見てから応ずるのだが、言葉に「わーひゅー」という音がまじる。大事なことは筆談する。彼女は玄の言葉に首をかしげ、相手の目を見て急いでメモ用紙と鉛筆を差し出す。夫が意見や要求を記すと、妻は返答を記し、二人はうなずき合って暮らしている。

彼女が天真爛漫なのは世の中の嫌なことが聞こえないからだろうか。いや天性なのだろう。自身も障碍の身で、歩けない玄の足となり、家事と畑と花つくりに精を出し、山菜とり、キノコとりは見事な腕前である。

「よく世話してくんなさる、有り難い」

友紀は心から礼を言った。孝子は手土産の果物を神棚に供え、一礼した。目線の位置に二柱の牌木が並び、両側の白い素焼きの壷に真榊が生けられている。

白木に「初乃刀自之命」「安枝刀自之命」と玄の字で墨書きされている。祖母初乃は育ての親、安枝は生みの親、その二神だけで父や祖父の名がないのは「その人に会ったことがない」からだろう。

「叔母さんが死んだら友紀刀自之命になる」と玄に言われ、「わたしゃたやすくミコトにはならんよ」とつっぱね、玄を苦笑させたことがあった。

初乃刀自の最晩年には玄の生母がこの家にもどり、近くの小学校に勤め、初乃が逝ってから一時、人手を借りて玄を介護していた。

戦後、友紀は大姑を見送ったあと、玄の後見人として彼を洋裁の仕立師にした。彼は町の老舗テイラーに住み込んで腕のいい職人になり、上物仕立の技能で生計を立てられるようになった。手に職つけたから次は結婚相手を探してもらいたい、と生母の安枝は言った。そこで友紀は奔走してこころ根のいい娘を見つけ、たのみ込んだが、娘の親に「田畑のない家で、どちらかが倒れたらどうやって食べていくのですか」と反問され、ことわられた。この話は玄には告げなかった。

まもなく母の安枝は脳出血で倒れて施設に入り、独りになった玄に当時は福祉が及ばず、その危急の苦難を村の小学校校長が見て、娘の孝子を妻にと申し出てくれたのだ。

ふたりの助け合いを見るたび、友紀は夫婦とは何かを考えさせられる。足りないゆえに補い合う、苦しみを分かち合う、これが共暮らしというものだ。康道とわたしは自分の足りなさを十分自覚していなかった。人として侘しかったと思う。晩年に二人とも死にかけ、自分の足りなさを知った、けれど時は待ってくれず片割れとなった。

玄の生母は養老院で亡くなった。母子が共に暮らしたのは短い間だった、だけに玄の生母への思いは強いらしく、養老院で車椅子に乗った生母の写真を引き伸ばして上等な額に入れ、遺影にあいさつしている。

すすけた壁に戸隠神社のお札が貼ってある。玄はボランティアに助けられて車椅子で戸隠に遠征していたが、電動車椅子の振動が腰にこたえるようになり、外出をひかえていた。

孝子は台所に立ち、米をとぐ。裏の畑から野菜をとる。トマト、ナス、オクラ、エンドウなど多彩だ。作物を見て友紀は戦中戦後の開墾を思い出した。みそ豆、小豆、花豆も作って家族と下宿の大所帯を養ってきた、あの重労働は去り、今は柴犬を傍らに家庭菜園を楽しんでいる。

戦後、二歳の長男を背にくくりつけ、深山の木の蔓や根につかまって峠に登ったことがあった。熊避け鈴をシャンシャン鳴らしながら。ぜんまいや根曲がり竹の子をたくさん採り、袋詰めにして背負い、袋の上に子をまたがせて、山坂を登ったり降りたりして、夕暮に生家に駆けもどった。シャシャシャンと土間に駆け込むと玄が「超人だ！」と叫んだ。収穫の多さにワッ！と歓声をあげ、手を叩いた。

焚きつけ用の松葉かきの時も、八貫俵に枯松葉を固く詰めて背負い、首に子をまたがせ駆け降りてくると、玄が感嘆し、吐息まじりに言った。「叔母さんみたいに山を跳びたいなあ」

歩めない身にすれば山駈ける女は超人に見え、どれほど羨ましかったことか。玄も数え八つまでは外で暗くなるまで駆け回っていたのだから。子らは草履かくしに興じ、西瓜を石の上に落としてくだき、みんなで食べ、夜は度胸試し、秋になると甘柿の木に登って歌いながら食べた。あの里山や林や川で夢中で遊ぶ子らの姿が消えて久しい。

わたしは野生の食べ物で育ったのだ、わたしはもう一度山で薬草摘みをしたいが、登れるかどうか。

長い安静入院で筋力が落ちても習い性で老夫の介護をしたことを思い出す。金融危機でローンの返済がきつくなり、夫に生活費を援けてほしいと頼んだ。彼は横を向いた。

「みんなに褒められた校長さん、介護費と食費をくださいね」と言うと、おし黙った。

「他人の介護士さんには手当や謝礼を払いますね」

こくんと頷いたから、老妻も頷いた。「わたし、離婚届けを出して他人として介護します。他人なら賃金を下さいますね」

生活費が要ります。わたしはもと他人です。わたしはよその人ですよ、など懸命に言ってみたが、康道は年金の預金通帳を隠したきりだった。

頑固なケチが可笑しくて金融危機が哀しくて、笑ってしまった。老夫を見送ったら、遺族年金を妻が貰えるようになった。「佳奈子さん、後払いですけど、おとうさんの介護のお礼をしますね」「じゃ真奈のダウンコートを買ってくださる?」「はい、はい、佳奈子さんのもね」

熱粥の土鍋を孝子が飯台に運んだ。友紀は粥を相伴しながら玄に言われたことを思い出した。「おばさんは強いもん」と。幾たび言われたことか。わたしだって泣き崩れたい時があった。表面だけ見ないでと言いたかったが、思えばわたしは超人のような脚力だったのだ。

玄は夜半から明け方の意識不明を忘れたように目が冴えている。この叔母は玄が昏睡のたびに駆け付け、これまでは急ぎ看護人を頼み、そっとお礼をしてきた。付き添いには謝金が要る時代になり、親戚やご近所でもタダ使いはできなかった。

玄が老後の預金をもっていると知り、安心した。姉たちはとうに他界し、残るはこの友紀叔母だけ、玄の配慮が嬉しい。

孝子が笑顔で熱い番茶を出した。

「おばさん、もう大丈夫だよ。孝子がついとるから」

玄は孝子に手振りで「緑茶」のおかわりを頼んだ。彼女は湯をさまし、二つの湯呑みに等分に注いだ。薄緑の煎茶はとろりと甘露だった。孝子さんは本当に必要とされている。

「孝子さん、玄をたのみます」

友紀は手を合わせた。彼女はぴょこりと頭をさげた。丸い目が何ともいとしい。

倒れるたびに叔母がとんで来るので、世話される側の玄は時には鬱陶しかったかもしれない。

玄の老後を考えて高上の家の近くに世話した住宅地は、値が上がり、そこに家を建てる援助を申し出たら、玄は土地を売ってしまった。慣れ親しんだ所がいいと。

干渉されずに里山に居たいのだと感じたが、それは玄の思想であり、生き方だったのだ。玄は祈りの初乃に育てられ、大自然に畏敬の念を感じ、戦後は里山と森の自然生態系、環境保全と「障害者」の生存と人権を訴えて闘い続けた。

集会で里山再生を訴えたり、車椅子で役所への陳情をくり返したり。中年時代の玄は闘士だった。美しい新緑や花に涙ぐむ感受性はいまも持続している。

この古い養蚕室を玄は終の住処として愛しているのだ。

奥の間で玄が手を振った。「ごめん、見送れなくて。孝子が途中まで送るから」

友紀はいとま乞いをし、「頑張って」と言った。

「いつだって頑張りどおしだよ」

「あっ、また頑張れと言ってしまった。ごめん」

友紀は去りぎわに振り向いた。玄がアカンベエをした、ように見えた。見直すと、澄んだ目で右手を挙げた。

敷居を外にまたぐと孝子が待っていた。足は森閑としたブナ林の細道をくだる。バス停への回り道は人が通わぬらしく荒れている。孝子は先に立ち、気づかうように振り向く。小さな田圃を横切る。風が吹きぬける。草を踏む音、自分の吐く息が聞こえる。

「今は雪が少なくなって、真冬でも楽になりましたね」

友紀は身振りをつけて言った。孝子は首を横に振り、カンジキを操る仕草をした。いまもこの山あいはカンジキが要るのだ。

墓所に参りたいが今日は時間がない、八月お盆の母さんの命日に来ますと友紀は山辺を振り向いて言った。敗戦のあの日の母の野辺送り、思い出すと胸がきりりと痛む。あれから五十六年が過ぎた。

静かな林間に小さな三角屋根があり、その下の古層から薬石油が細々と湧き出ている。水素ガスの匂いは昔のままだ。孝子は手提げから瓶をとり出し、クソウズを汲む。先人のような巧みな手つきで。

わたし共を育ててくださった神名備《かんなび》の山と森、在所の人たち！　友紀は深呼吸し、ブナの小枝をすかして青磁の空を仰いだ。

あとがき

「山の神」という言葉は、この作品では「おかみさん」の尊称です。山駈ける人、野生の力と潜在能力をもつ人の喩でもあります。

母の死に目に会えず、沈んでいたとき、痩せた後姿と歩き方が母によく似た人に会いました。友人の家で会ったそのひと（Yさんは）は、もの静かなおばあさんでしたが、ほどなく芯の強い義侠の人だと知りました。理不尽ないじめや冤罪を看過せず、身体を張って人を助けてきたと友人たちから聞いたのです。

当時、私は戦争の傷跡（戦災、難民、異国に残された女・子ども、少数民族など）を書いていました。中ソ国境、シベリアを訪ね、帰国して執筆にかかり、胸突き八丁のときに母が故郷信州の自室ですっと往ってしまった。そのあと私は更年期の不調の中で離婚し、五年間に転居四回、その激動の中で思ったことは、忍耐力と、母の笑顔と身ごなしのことでした。

嫁時代の母は奴隷のような苦労をした、と長姉や親戚から聞いたのですが、本人はほとんど語らず、柳に風のあっさり性分で大病せず年を取り、苦しまずに逝きました。大自然を敬う心、野生、少食、自然治癒力、天気を読む力、忍者のような速歩、そういう能力を本人は自覚せず、坦々と生きた、その何気なさに私はひかれていたのです。

身ごなしが似ていることに縁を感じてYさんと箱根の山や伊豆の海辺、佐渡を巡りました。その道中、「問わず語り」のようにYさんは話しました。八〇歳でしたが記憶力抜群で過去の当時の思いと現在の考えをきちんと分けて話し、四か月後、半年後と間をおいても前と重複せずに話す頭のいい人でした。守秘義務のあることは口が固く、女三代の嫁奴隷人生を力をこめて話されました。私は思いました。〈日本の女は何代も何代も、黙って死ぬことをよしとして語らずに逝ったから、内面や本心が消されてしまった。先駆的な人や高名な人は、発言や行動が自伝や伝聞に残されるが、働くことに明け暮れる無名の人は、座って書く間がない、語る間もない。そういう人の内面を、戦中戦後の日常を善も悪も聞いておこう〉

姑の嫁いじめは、軍隊の古年兵による新兵リンチと似ており、家父長制の歪んだしごきは、戦前戦中にはよくあったことです。その中でもこの大姑の悪態、若姑の心理作戦、戦後の変り身のはやさには呆れました。家庭内の日常、昼夜の暴言、侮蔑、差別、冷遇、監視と重労働は心身を苛みます。この苦に対し、なぜ辛抱するのか、なぜ反撃しないのか？と今の人は思うでしょうが、人権の無い時代、謙虚で純朴なひとは自分に落ち度があるのかと思ったり、艱難に耐えて乗り越えようと思ったりした。それに戦時下で何処も地獄だと思ってYさんは耐えたということです。

働くことが習い性になると身体が動いてしまい、酷使されながら、なんとか過労死を免れたのは、山で鍛えた身体のおかげ、早死した無念の奴隷嫁たちが周辺にいたことを、Yさんは証しました。

戦時中の暮らしの細部は小さい時の私の記憶に重なり、母が働き続けて親を失した三人の子と五人の実子を育てたこと、下宿の人や寄留人の世話をしていたことを想い出しました。

母は末子の私が二歳のとき夫に死別し母子家庭を生きたので、後半生はだいぶ違います。生い立ちも性格も違います。Yさんはもっと意志的で強く、社会性があり、友人が多く、経済の実務能力のある人でした。

飾り気なく「うちは家庭内離婚の最たるものです。ありのままを小説に」と言われましたので、私は女主人公を軸に「山の女三代と町の家に住む女三代」を、記録でなく、他の人たちの話も入れて、小説にしました。この物語は、山の家も町の家も、ともに家庭内離婚三代、その負の連鎖を主人公が如何に断つかが主題の一つです。闘いつつ報復しない道＝寛容には、強い精神力と生活の実力が必要です。

祖母の親鸞信仰と母の古神道に感化されて育った彼女は、八百万ゆえ、聖書や日蓮にも関心をもちますが、八方美人ではなく、異なる人たちとも共生する平和志向のヤオヨロズ人です。

戦後、「人権」が法で定められたのに、近年、家庭や学校や職場でいじめが増えたのは何故か？考えさせられます。戦後、嫁時代の苦労を自分の代で自覚的に断った女性たちが、老いたら、今度は苦労知らずの鬼嫁や愚息に冷遇され、時には虐待される、そんな現代の不幸を許さぬ気構えを、主人公とその友人たちに私は託しました。

主人公は自力でシニアのホームをつくろうとして「金融ビッグバン」で多々苦労しましたが、何とか乗り越えました。「神様はわざと負けることがある」、山の神さんはしくじることがある。矛盾も可笑しいこともある。けれど涙をぬぐって笑えたらいいですね。

私は長年「植民地」の研究を非力なりに続け、負の歴史だけでなく、元植民地や途上国で友情平和の活動をする人たちに心が向くのですが、故地の「根」にも心を向けたいと思います。八歳で敗戦を体験した私は戦中の苦しさを記憶し、戦後教育を受け、忍従大嫌いな女に育ちました。失敗もし、必要な忍耐もし、快適な日々と平和をしんそこ希っています。ですから、忘れません。おかあさん、Yさんたち先人の大変な苦労と、歪まぬ心と笑顔を。

働いて今を生きる人々に、本書を贈ります。

二〇一〇年五月　新緑の候

林　郁

著者紹介

林　郁（はやし・いく）
作家（小説・ノンフィクション・エッセイ）1936年長野県生まれ。早大政経学部卒。「植民地文化研究」編集委員。女性，心身一如，環境，植民地をテーマにした著作を中心に活動，旅を続ける。
『未来を紡ぐ女たち』未来社，『満州・その幻の国ゆえに』『家庭内離婚』『糸の別れ』『あなたは誰ですか―中国帰国者の日本』以上（文庫版も）筑摩書房，『大河流れゆく』朝日新聞社，『女と男，生きかた問題集』晶文社，『やさしさごっこの時代』PHP研究所，『文学作品に見る太平洋戦争と信州』（共著）一草舎，『〈満洲国〉とは何だったのか』（日中共同研究共著）小学館など著書共著多数。

山の神さん

2010年7月30日　初版第1刷発行

著　者――――林　郁
発行人――――松田健二
装　幀――――中野多恵子
発行所――――株式会社社会評論社
〒113-0033　東京都文京区本郷2-3-10
☎ 03(3814)3861　FAX 03(3818)2808
http://www.shahyo.com
印刷・製本――株式会社ミツワ

無頼記者、戦後日本を撃つ

1945・巴里より「敵前上陸」

●松尾邦之助／大澤正道編・解説

四六判★ 2400 円／ 0566-1

読売新聞パリ特派員として滞仏 20 余年、敗戦直後の混乱期に帰った、無頼記者・松尾邦之助の私憤的戦後史。ながらく未整理だった遺稿から、いまだ色あせない警句をここに再現する。(2006・4)

巴里物語 【2010 復刻版】

●松尾邦之助

四六判★ 2800 円／ 0592-0

なぜ、パリに憧れ、パリに捧げるのか？ 20 世紀初頭のパリで四半世紀——金、恋、思想交友狂想曲!! 仏日文化交流史における重要人物＝松尾邦之助の知的放浪記。1960 年刊行の稀覯書を再編集。(2010・1)

虹児 パリ抒情

●羽田令子

四六判★ 2200 円／ 0945-4

1920 年代の雑誌ブームの中で『少女画報』『令女界』などの挿絵画家として時代を風靡した虹児。1925 年、若き東郷青児、藤田嗣治がいるパリへ。14 歳で虹児に出会った著者が、その面影を求めてフランスへ取材。(2002・7)

歴史紀行

ボヘミア、アジアそしてパリ

●羽田令子

四四六判★ 1900 円／ 1325-3

ボヘミア（東欧)、パリ、中国、ベトナム、モンゴル。タイ在住の作家が織りなす人と旅の記録。とくにクーデンホーフ伯爵の妻・光子の面影を追憶する、ボヘミアの巡礼の記録は本書の白眉である。(2009・12)

李香蘭、そして私の満州体験

日本と中国のはざまで

●羽田令子

四六判★ 2000 円／ 1324-6

1920 年、満州の炭鉱の町で生まれ育ったひとりの日本人少女は、日中戦争 の最中、李香蘭の芸名で国際的女優・歌手として活躍した。日中のはざまで生きた李香蘭の生涯。(2006・11)

トロツキー暗殺と米ソ情報戦

野望メキシコに散る

●篠﨑務

トロツキーをメキシコで暗殺したラモン・メルカデル。逮捕された暗殺者を奪還しようとはかるソ連の諜報機関と、その動きを暗号解読で察知したアメリカの諜報機関。米ソの情報戦を通して読み解く現代史。(2009・11)

ゾルゲ、上海ニ潜入ス

日本の大陸侵略と国際情報戦

●楊国光

1930 年 1 月 30 日ベルリンからゾルゲ、「魔都・上海」に潜入。1930 年代危機の中で、中国共産党の防諜機関、国民党の特務、ゾルゲ機関の上海を舞台とする国際情報戦は展開される。(2009・12)